JN104379

真珠塔・獣人魔島

横溝正史

角川文庫
23413

目次

真珠塔

悪魔の使者

世のなかが進歩するにしたがって、昔のようなばかばかしい、お化けや幽霊の話は少なくなる。いまどきそんな話をしたら、子供にだってばかにされてしまうだろう。

しかし、それでは、この世からふしぎなことや怪しい事件が、まったくなくなったかというと決してそうではないのだ。人間が好奇心だの、恐怖心だのをうしなわないかぎり、この世から怪しい話や、ふしぎなうわさの種は、つきるということはないものである。

たとえば、深夜の空を、いずこからいずこへともなく飛んでいくという、あの奇怪な金色のコウモリのうわさなどがそれだった。

それは、ある年の夏のおわりごろ、だれいうとなく、深夜の空に舞いくるう、金色のコウモリのうわさがもれはじめると、ものにおびえた口から口へとつたえられ、たちまちのうちに、東京じゅうの評判になってしまった。

それを見たという人の話を聞きあつめてみると、なんでもそのコウモリというのは、一ぴきや二ひきではないらしく、五ひき六ぴき、どうかすると、十ぴきちかくもむらがって、ヒラヒラ、ハタハタ、深夜の空を舞いくるうというのだが、怪しいことには、そのつばさから、鬼火のような青白い光をはなっているというのだ。

きみたち、考えても見たまえ。

鬼火のような光をはなつコウモリが、音もなく、声もなく、ヒラヒラ、ハタハタ、深夜の空に舞いくるうその光景を……。なんとそれは気味の悪い話ではないか。

しかも、ふしぎなのは、ただそればかりではない。この奇怪な金色のコウモリがすがたをあらわすところ、かならずその近所で、血なまぐさい事件が起こるというのだから、つたえ聞いた人びとが、いよいよ恐れたのはむりはないにちがいない。

げんに、こんなことがあった。

それは八月の、ある霧のふかい夜であった。隅田川《すみだがわ》をのぼりくだりする舟の船頭《せんどう》が、水に浮いているわかい女の人の死体を見つけた。

水のうえを家としている船頭たちにとっては、こんなことは、あまり珍しいことではない。

こんなばあい船頭は、どんなに気味が悪かろうとも、死体をそのまま見のがすことは、ゆるされない。引きあげて、警察へとどけ出るのが、水のうえに住んでいる人びとのおきてになっているのだ。

そこで、その夜の船頭も、なにげなく死体をひきあげようとしたが、そのときだった。そばにいた船頭の小さい子供が、キャッと叫んで船頭の腰にしがみついた。おどろいたのは船頭である。

「ど、どうしたんだ。だしぬけに……びっくりするじゃないか」

と、しかりつけると、子供はがたがたふるえながら、

「だって、だって、おとうさん、あのコウモリをごらんなさい」

と、いわれて船頭がむこうを見ると、ああ、なんということだろう。一ぴきの金色のコウモリが、まるでひとだまででもあるかのように、フワリフワリと、水のうえをとんでいくではないか。

さすがどきょうのよい船頭も、それを見るとゾッとして、おもわず死体を流してしまったということなのだ。

したがって、その死体がどこのだれであったやら、いまもってわかっていないが、船頭の話によると、その死体の胸には、たしかに短刀のようなものが、突っ立っていたというのである。

こういううわさは、とかく大げさにつたわるものだが、するとまもなく、こんなことをいいだしたものがあった。

その人は、いつかの夜、明治神宮《めいじじんぐう》の外苑《がいえん》で、金色のコウモリを見かけたが、そのとき、コウモリのすぐ下を、風のように走っていく、ひとりの男のすがたがあった。しかも、その男というのは、全身をまっ黒な服でつつんだ背の高い大男で、胸にはっきりコウモリのしるしがぬいつけてあったというのである。

また、べつの人の話によると、ある晩、隅田川のうえを流星のようにすべっていく、

怪しいランチに出あったが、そのランチのなかには、やっぱり胸に金コウモリのしるしをつけた黒ずくめの服の男がのっていた。しかも、そのランチのうえには数十ぴきの金色コウモリが、蛍《ほたる》のようにむらがり飛んでいたというのである。

こうして、怪人物の登場により、金色コウモリの怪談は、いよいよぶきみさをくわえていったが、いまではだれひとりとして、金コウモリの妖術《ようじゅつ》をつかう、ふしぎな魔術師のうわさについてうたがいをいだくものはなかった。ある学者の説によると、世のなかに金色の光をはなつコウモリなんて、あるべきはずはないから、おそらくそれは、夜光塗料かなんかをぬってあるのだろうというのだが、それにしても、それが単純ないたずらなのか、それともなにか、恐ろしいもくろみでもあることなのか、だれひとりとして、知るものはないのだった。

少なくとも、それからまもなく、あの大事件が突発するまでは……。

御子柴進《みこしばすすむ》はこの春、中学を出て、新日報社へはいったばかりの給仕である。給仕だから、事件が起こっても外へとび出すようなことはない。進は、それがざんねんでたまらないのである。

御子柴進は小さいときから、探偵《たんてい》小説が大すきだった。ふしぎなできごとや、怪しい事件の話を、胸をわくわくさせて読んだものだ。そして、名探偵がそれらの事件を、胸のすくような推理でといていくのを読むと、感心のあまり、息もつけないくらいだった。

進が新聞社へはいったのも、新聞社ならいろいろふしぎな事件に、ぶつかることができると思ったからである。

それだのに、いまのところ、上役にお茶をくんで出したり、手紙の整理をしたり、そんなことばかりやらされるのだから、進は内心不服でたまらない。

なんとかして、じぶんもひとつ、すばらしい事件にぶつかりたいものだと、思いつづけていたが、そのねがいがとどいたとでもいうのだろうか。ある晩、世にも恐ろしい事件にぶつかり、それをきっかけとして、血もこおるような、怪事件のうずのなかにまきこまれることになったのである。

それは、どんより曇《くも》った晩であった。空には星もなければ月もなく、吹く風もなまあたたかく、なんとなくうす気味悪い夜ふけであった。

御子柴進はそういう晩おそくなって、青山権田原《あおやまごんだわら》から、信濃町《しなのまち》のほうへ歩いていた。左に見える神宮外苑のあたり、くろぐろと空に浮きあがっている森のなかから、ほうほうときこえるフクロウの声も、みょうに、いんきな気持ちをさそわずにはいない。

つね日ごろ、怪しいできごと、ふしぎな事件にぶつかりたいと祈っている進だが、さて、こうしてさびしい夜道を、たったひとりで歩いていると、やっぱりいやな気持ちである。

そうだ、こういう晩にこそ、金コウモリがあらわれるのではあるまいか。そういえば、いつか神宮外苑にも金コウモリがあらわれたという。場所といい時間といい、なんだか金コウモリがあらわれそうな気がする……。

　と、そんなことを考えながら、足をはやめて歩いているときだった。うしろからやってきた一台の自動車が、進をはねとばしそうな勢いで、そばを通りぬけると、そのまま、ごめんともいわず、むこうの闇《やみ》の中へ走っていった。

　あやうくとびのいた進は、自動車のうしろを見送りながら、

「ちくしょう、ひどいやつだ！」

　と、いまいましそうにつぶやいたが、そのとき、またもやうしろからやってきた一台の自動車。

「あっ、またか！」

　と、とびのく進のそばを、まるで流星のように駆《か》けぬけていったかと思うと、まえの自動車のあとを追って、またたくうちに、むこうの闇に消えてしまった。

　御子柴進はあっけにとられたように、しばらくそのあとを見送っていたが、

「おかしいなあ。あの自動車、まるで追っかけっこをしてるみたいだ」

　と、小首をかしげた。

　二台とも、あっというまに進のそばを通りすぎたので、くわしいことはわからなかったが、まえの自動車にのっていたのは、まだわかい女の人のようだった。

　それに反して、あとからいった自動車のぬしは、つばの広い帽子に顔をかくして、マントのようなもので、ふわりとからだを包んだ黒ずくめの服の男のようだった。

「はてな、黒い服の男……黒い服の男……はてな」

ちかごろうわさのたかいふしぎな魔術師、あいつもやっぱり黒ずくめの服で身を包んでいるとやら……。

それを思い出した進が、なんとなくドキリとしているときだった。

とつぜん、闇をつらぬいてきこえて来たのは、パンパンという二発の銃声。

「しまった！」

なにがしまったのか、進にもわからない。しかし、なにかしら、よういならぬことが起こったような気がしたのである。

進はいちもくさんに、いま自動車が走っていったほうへ走り出したが、ふと見ると、むこうのほうに自動車が一台、道ばたの溝《みぞ》に、片っぽうのタイヤをつっこんだままとなっている。ボディーのかっこうから見ると、どうやらさきにいった自動車らしい。進はすぐその自動車のそばへかけつけた。

「もしもし、どうかしましたか」

声をかけながら進は、ひょいと運転台をのぞいたが、そのとたん、思わずわっとうしろへたじろいだ。

運転台には運転手が、ハンドルをにぎったままうなだれている。

みごとにこめかみをうちぬかれて絹糸のような赤い血の筋が、ほおからあご、あごから胸へと細い尾をひいてたれている。

進はゾッと身ぶるいしながら、こんどは客席をのぞいてみたが、そこにも、女の人が、いまにも腰かけからずり落ちそうなかっこうで、うつぶせになっているのだ。

調べてみるまでもなく、その人もすでに死んでいるらしいことが、そのかっこうからしてもわかった。おそらく、あとから追っていった自動車のぬしが、すれちがいざまに、車内から発砲したのだろう。

それにしても、さっき進が耳にした銃声は、パンパンという二発きりだった。二発でふたりをうち殺す。それも何十マイルというスピードで、走っていく自動車のなかから、もうひとつの自動車のなかの人物を！

ああ、なんという早わざ！　なんという妙技！

あまりにも人間ばなれしたその腕まえ、と、いうよりはむしろ、なんだか妖怪《ようかい》じみたその神わざに、進は、しばらくわれを忘れてぼうぜんとしていたが、そのときだった。なにやら、ふわりと首すじをなでるものがあるので、ギョッとしてふりかえった進は、そのとたん、血もこおるような恐ろしさにうたれたのだった。

進の首すじをなでたもの、それこそ、ちかごろ評判の金色のコウモリではないか。

金色のコウモリは、鬼火のように怪しい光をはなちながら、進の首すじをなでて舞いあがると、フワリフワリと、おりからのくもり空のかなたへ、高く、とおく消えていってしまったのである。

踊る人形

　進はしばらく、棒をのんだように立ちすくんだまま、そのコウモリのゆくえを見つめていたが、きゅうに、ハッと気がついた。

　ああ、もう、まちがいはない。

　金コウモリだ、金コウモリの魔術師が、人殺しをしたのだ……。

　そう気がつくと進はきゅうにぶるぶるふるえ出した。むろんこわかったからではない。いや、こわかったこともこわかったのだが、それよりも武者ぶるいというやつである。

　ああ、これこそ、待ちに待った絶好のチャンスではないか。進はかねてから、こういう事件にぶつかることを祈っていたのだ。

　そこで、進はいそいで車内にかけこむと、ぐったりとしている、女の人を抱き起こした。するとそのとたん、ぬらぬらと両手をぬらしたのは、生ぬるい血潮である。見ると、その人はみごとに心臓をうちぬかれて、そこから、あぶくのような血が、ぶくぶくと吹き出しているではないか。

　進はゾッとしながら、それでも、ルームライトのあかりで、女の人の顔を見なおしたが、そのとたん、ハッと息づまるようなおどろきにうたれたのである。

　進は、その人を知っていた。それは、丹羽百合子《にわゆりこ》といって、いま東京じゅうの人気を一身にあつめている、ミュージカル女王なのである。

進が、丹羽百合子を知っているのは、その人の出ている舞台を見たからではない。また、写真で知っているのでもなかった。進はきょうのひるま、丹羽百合子にあったのである。

きょうの三時ごろだった。丹羽百合子は新日報社へやってきたのだ。どんな用事があったのか、丹羽百合子が新日報社へやってきたのは、三津木俊助《みつぎしゅんすけ》にあうためだった。

三津木俊助というのは、新日報社の宝といわれているくらいの、腕ききのベテラン記者である。ことに犯罪事件にかけては、他の社にならぶものがないといわれるほどの腕ききで、いままでにどれだけおおくの怪事件の謎《なぞ》をといてきたか、わからないくらいなのだ。

御子柴進が新日報社へはいったのも、その人の名声を聞いたからだった。じぶんもなんとかして、三津木俊助のような、腕ききの新聞記者になりたいものだと考えたからだった。

それはさておき、丹羽百合子がたずねてきたとき、あいにく俊助はるすであった。百合子は半時間ほど待っていたが、それでも俊助が帰らないので、失望のおももちで帰っていったが、ひょっとすると、あのとき百合子は、金コウモリのことについて、なにか俊助に打ちあけようとしていたのではないだろうか。そして、それを金コウモリにさとられたために、うち殺されたのではないだろうか。

そう考えると進は、心臓がドキドキするほど、強い好奇心をかんじないではいられなかった。

そこで、なにか手がかりになるものはないかと、大いそぎで室内を調べたが、そのとき、ふと目についたのは、座席のしたにころがっている、はでなハンドバッグだった。

取りあげてひらいてみると、コンパクトだの、がまぐちだの、いかにも女らしい品物のほかにただひとつ、血にぬられたようなまっ赤な封筒が……。

進はなにげなく、その封筒を取りあげたが、そこにはあて名もなければ、差出人の名も書いてない。

進はますます怪しみ、あれこれと、いろいろ封筒をあらためていたが、そのうちに、ふと気がつくと、すみのほうに、なにやらすかしがはいっている。電気の光でそれをすかしてみて、進はおもわずギョッと息をのみこんだ。

金のコウモリ——たしかにそれは、金のコウモリの紋章だった。

「よし、かまうものか。開いてみてやれ」

進は胸をドキドキさせながら、封を切ってさかさまにはたいてみたが、すると、なかから出てきたのは、なんともいえぬほど、へんてこなものだった。

それは大きさ七センチばかりの、紙製の打ち抜き人形なのである。

数は十五、六もあって、いずれもおかっぱ頭の、同じような顔をしているが、ただ、そのかっこうが少しずつかわっているのだ。人形はみんな両手に、赤と白との旗をもっ

ているのだが、その旗のふりかたが、少しずつかわっているのだった。

参考のために、その人形のかたちというのを、かんたんにここにかいておこう。きみたちはなにか、この人形のかっこうから、思いあたることはないだろうか。進は、なんともいえぬ、へんてこな気がせずにはいられなかった。

金コウモリのすかしがはいっているところから、てっきり血なまぐさい、しょうこの品と思っていたのに、これはまた、あまりにも意外な、まるで子供だましのような紙人形なのである。

進はしばらく、あっけにとられたような顔をしていたが、しかし、いまはそんなことをとやかく考えているばあいではない。

進は封筒のまま、その紙人形をポケットにつっこむと、ドアから外へとび出したが、そのときだった。

またしてもきこえて来たのは、けたたましいエンジンのひびき。見ると、さっき怪自動車の走りさった方向から、流星のように走ってくる自動車が見える。

「さっきの自動車だろうか。まさか……」

と、うち消しながらも、なんとなく身に危険をかんじた進は、ハッと自動車のかげに身をすくめたが、そのときだった。風のように走りすぎる自動車のなかから、

パン！　パン！

さっと青白い火花が散ったかと思うと、進の耳のそばを、やけつくようにあつい鉄のかたまりがとびすぎた。

あぶない！　あぶない！

もう三センチ、いや、もう一センチ、ねらいが右へそれていたら、進のいのちはなかったにちがいない。

進はおもわずあっと、土のうえに顔をふせたが、そのとたん、ちらりと目の底にのこったのは、風のように走りすぎる自動車のなかから、ピストル片手に、半身をのり出した、黒ずくめの服の男である。

しかも、ああ、なんという奇怪さだろう。

その男は顔にゾッとするようなどくろの仮面をつけているではないか。

さあ、翌朝の新聞はたいへんだ。どの新聞もどの新聞も、でかでかとこの事件について書きたてたのはいうまでもない。

『ミュージカルの女王射殺さる』だの、『丹羽百合子の怪死』だのと、できるだけ大き

な活字をつかって書きたてた。

こういう記事におどろいた人びとは、さて、そのあとで新日報をひらいて二度びっくり、あっとばかりにきもをつぶしたのである。

それはそうだろう。ほかの新聞はみんな、丹羽百合子の殺されたことは書いていても、犯人についてはまだなんにも書いていないのだ。

犯人については目下取り調べちゅうだの、いまのところ、犯人不明としか書いてないのに、新日報だけはでかでかと、犯人のことが書いてあるのだ。

しかも、その犯人というのが、いま評判の金コウモリの怪人だというのだから、それを読んだ人びとが、あっとばかりにふるえあがったのもむりはなかった。

そこには、御子柴進の、目撃《もくげき》したとおりのことが出ていた。

全速力で走っていく二台の自動車……二発の銃声……丹羽百合子の怪死……自動車のそばから舞いあがった金コウモリ……ひきかえしてきた自動車……御子柴少年あやうく狙撃《そげき》さる……どくろ仮面の怪人……。

そんなことが、でかでかと書きたててあったからたまらない。その朝の新日報はひっぱりだこ、どこの立ち売りの売店でも、新日報だけは、またたくまに売り切れてしまった。

ジャーナリズムでは、ほかの新聞の知らないことをすっぱ抜くのを、特種《スクープ》という。そして、特種をおおくつかんでくる記者ほど、腕ききの新聞記者ということになっているのだ。

御子柴進がゆうべ出あった事件は、特種も特種、大々的なスクープだから、さあ、社内の人気はたいへんなものだった。

「やあ、探偵小僧、えらい特種をつかんできたな。大手柄《てがら》だぞ。出かした小僧というところだ、あっはっは……」

と、うれしそうにほめてくれる人があるかと思うと、また、なかには、

「おい、探偵小僧、社長賞をもらったか。まだ……？　いまに出るからな、そしたらおれにおごるんだぜ」

などと、抜けめのない人もいる。

しかし、探偵小僧の御子柴少年は、人にどんなにほめられても、おだてられても、にこりともせず、かえってなにか心配そうな顔で、朝からしきりに三津木俊助をさがしていた。

しかし、まえにもいったように、三津木俊助といえば、新日報社の宝といわれるくらいの腕きき記者、いつも外をとびまわっているので、めったに社にいることはない。

進がやっとその俊助をつかまえたのは、夕方の六時すぎ、俊助はどこへ出かけるのかタキシードなんか着て、いつになくめかしこんでいた。

「あっ、三津木さん、ちょっと……」

進が声をかけると、俊助はふりかえって見て、にこにこしながら、

「やあ、探偵小僧か、ゆうべはえらい手柄だったよ。おかげできょうのうちの新聞、ど

こへいっても大評判だぜ」

「それについて三津木さんに、ないしょでちょっと話があるんですが……」

「ぼくにないしょで話がある……？」

俊助は心配そうに進の顔色を、さぐるように見ながら、

「おい、探偵小僧、ゆうべの話、あれはうそじゃないだろうな。それだと、たいへんだぞ」

「やだなあ、三津木さん、ぼくをそんなインチキ小僧だと思ってるんですか」

進が、わざとムッとして見せると、俊助はいかにもうれしそうに笑いながら、

「あっはっは、そうか、そうか、ごめん、ごめん。あんな手柄を立てながら、きみがあんまり心配そうな顔をしているものだから、つい気をまわしたのだよ。じゃ、ぼくの部屋にきたまえ」

さすがは新日報社の宝といわれるだけあって、俊助はじぶんの部屋をもっている。そこで、さしむかいになると、

「御子柴くん、ぼくにないしょの話とは？」

「三津木さん、これです。見てください」

進が取り出したのは、まっ赤な封筒。いうまでもなく、それこそは、ゆうべ丹羽百合子のハンドバッグから見つけたものだった。

「なに……？　これ」

「三津木さん、すみのほうをすかして見てください」

俊助はふしぎそうに、封筒をすかしていたが、きゅうにギョッと息をのみ、

「あっ、こ、これは金コウモリ……御子柴くん、き、きみはこれを、どこで手にいれたんだ」

「丹羽百合子のハンドバッグのなかにあったんです。それをぼく、そっとかくしておいたんですが、おまわりさんに叱《しか》られやしないかと、それが心配で心配で……朝から三津木さんをさがしていたんです」

俊助は目をまるくして進の顔を見ていたが、やがて、あわてて封筒をさかさにふるとなかから出てきたのはまえにも書いておいた、あの奇妙な打ち抜き人形である。

「なんだい、これは……おもちゃかい？」

「いいえ、おもちゃじゃないと思います。ぼく、これ手旗信号じゃないかと思うんです。それで同じやつはいっしょにして、ゆうべ解いてみたんです。そしたら、こんなふうになったんですが……」

と、進がひらいてみせたノートには、つぎのようなことが書いてあった。

1 2 3 4 5 6 7 8 9 10 11 12 13 14 15 16
ノ ノ ノ イ イ イ ア ケ ヘ ヨ ヤ キ カ テ ユ ス

俊助はまゆをひそめて、

「しかし、これじゃなんの意味だか、さっぱりわからないねえ」

「ええ、これは、人形のあらわしている文字をじゅんじょもかまわず書きつけただけですから。……だから、この文字をならべかえていけば、きっとなにか意味のあることばになるにちがいないと、ゆうべいろいろやってみたんですが、どうしてもわからないんです。ただ、11と13と4番でこうなんじゃないかと思うんですが……」

と、進がひらいてみせた、ノートのつぎのページには、

ヤカイ（夜会）

と書いてあった。

「な、な、なに、夜会だって……？」

なににおどろいたのか俊助は、目をサラのようにして、進の解いた片仮名文字を、見つめていたが、やがて拾い出したのは、

ユノキテイ（柚木邸《ゆのきてい》）

と、いうことば。それから、

「御子柴くん、丹羽百合子はきのう、これを金コウモリからうけとったんだね」

と、いいながら、つぎに拾い出したのは、

アスノヨ（あすの夜）

これで十二文字までは意味がわかったが、あとに残ったのは、

ノイケヘ

と、いう四文字。しかし、こうなるともう、それほどむずかしいことはない。

俊助はしばらく、さがし出した三つのことばと、あとに残った四文字を、あれかこれかと組み合わせていたが、やがてできあがったのは、つぎのようなことばである。

アスノ夜柚木邸ノ夜会ヘ行ケ

「あっ、そ、それじゃ今夜、柚木というひとのおうちで、夜会があるのでしょうか」

「あるんだよ、柚木真珠王の邸宅で、仮装《かそう》舞踏会《ぶとうかい》があるんだ。そして、ぼくはこれからそこへ出かけるところなんだ」

進はおもわずあっと、俊助のみなりを見なおした。

「ああ、それじゃ金コウモリは丹羽百合子にその夜会へいけと命令したんですね」

「そうだ、それにちがいない。百合子さんはしかし、どうしようかと迷ったあげく、ぼくのところへ相談にきたのだろう。ところがあいにく、ぼくがいなかったものだから、がっかりして帰っていったが、それを金コウモリにかぎつけられ、裏切り者として殺されたんだ」

「それじゃ、丹羽百合子は金コウモリの部下だったんですね」

ああ、あの有名なミュージカルの女王が、金コウモリの部下だったとは……。進の声がふるえていたのもむりはなかった。

「うん、そうだ。きっとそれにちがいない。そして、百合子はそのことを、後悔していたにちがいない。しかし、おい、探偵小僧!」

俊助はやにわに進の肩を、いやというほどたたくと、いかにもうれしそうに、

「おまえはなんというすばしっこいやつだ。こんなすばらしい手がかりを手にいれるなんて……。おまえは新日報社のマスコットだ。社長や編集局長にうんと吹きこんでおいてやる」

日ごろ尊敬する俊助から、口をきわめてほめられたものだから、進は、うれしくてたまらない。赤くなって、どぎまぎしながら、

「しかし、あの、三津木さん、金コウモリは丹羽百合子を、柚木さんのパーティーへやってどうしようとしたのでしょう」

「ああ、そのことか、それはこうだ」

と、三津木俊助が語るところによると、

「じつは今夜のパーティーで、柚木真珠王のつくりあげた、世にもすばらしい真珠の塔を、お客さんに見せることになっているんだ。ぼくが招かれたというのも、表面は客ということになっているが、じつはその真珠塔の番人をたのまれたんだよ。客のなかに、どんな悪者がまじっているかもわからないからね。しかし、ちくしょう、それじゃ金コウモリのやつが、あの真珠塔をねらっているのか。よし、御子柴くん、きみはちょっとここで待っていたまえ」

俊助は大いそぎで部屋からとび出していったが、しばらくすると帰ってきて、

「さあ、行こう」

「えっ、ど、どこへ行くんですか」

「柚木邸へいっしょにいくんだ。編集局長にもそういってきた。おい、探偵小僧、おまえはきょうからぼくの助手になるんだよ」

「三津木さん！」

「さあ、いっしょに来い！」

進は、うれしくてうれしくてたまらない。それはそうだろう。あこがれのまとの俊助ときょうから冒険をともにすることが出来るのだから。

表へ出るとタクシーが待っていた。ふたりがそれにとびのると、タクシーはすぐに出発したが、ああ、そのとき俊助が、もう少し運転手や助手のようすに、ふかい注意をはらっていたら……。

自動車が三宅坂《みやけざか》にさしかかったときだった。助手席にすわっていた男が、ふいにくるりとうしろをふりかえると、手にしたピストルのひき金を、俊助の鼻さきでひいたのだ。

「あっ！」

三津木俊助と御子柴進は、思わずさっと立ちあがろうとしたが、そのときはすでにおそかった。ひき金がひかれたとたん、シューッと妙な音がしたかと思うと、なにやら甘ずっぱいにおいがふたりの鼻をついて、三津木俊助も進も、くらくらと気をうしなってしまったのである。

ああ、わかった、わかった！　悪者は麻酔《ますい》ピストルをぶっぱなしたのだ。つまり、そのピストルのなかには、弾丸《たま》のかわりに麻酔剤がはいっていたのだ。

さすがの俊助も、薬のききめには勝てるどうりがない。進とともに、こんこんとしてふかい眠りに落ちてしまったが、それを見ると、自動車は、うまくいったとばかりに、どこへともなく走り去ったのだった。

ああ、それにしてもなんという早わざ！

まだ、戦闘も開始されていないのに、悪魔ははやくも先手をうって、三津木俊助と御子柴少年をいずこともなくつれ去ったのである。

ニコラ神父

さて、怪自動車につれさられた三津木俊助や御子柴少年は、その後どうなっただろうか。しかしそれらのことはしばらくおあずかりとしておいて、ここではその夜、柚木真珠王の邸宅で起こった、なんともいえぬふしぎな事件について、話をすすめていくことにしよう。

柚木真珠王の邸宅は紀尾井町《きおいちょう》にある。なにしろ有名な大邸宅だけあって、その建物のひろさ、りっぱさは近所でも評判である。

主人の柚木というのは、白髪のきれいなおじいさんで、ふつう柚木老人とよばれている。カトリック教の熱心な信者で、たいへんな慈善家だということだ。おくさんはだいぶまえになくなったが、弥生《やよい》というお嬢さんがあって、この人が柚木老人にとって、なによりの楽しみとも、なぐさめともなっているのである。

弥生はことし十五歳、ほんの子供だが、なくなったおかあさんに似て、その可愛らしいことは人形のようである。ことに今夜は、仮装舞踏会のこととて、あどけないフランス人形になっているのだが、その愛らしいこと、美しいことといったら、それこそ、だれでも抱きついて、ほおずりしたくなるほどだった。

ただ、気になるのは、その美しい顔にやどった暗いかげ……。

それもそのはず、弥生は今夜の舞踏会が心配でたまらないのである。おとうさんの話によると、今夜、真珠塔をホールにかざって、客に見せるということだが、今夜のような仮装舞踏会では、どのような人間がまぎれこもうとも知れない。それがまず心配のひとつだが、もうひとつの心配というのは、むろん金コウモリのこと。

じつはゆうべ、弥生ははからずも、庭のおくに飛んでいる、あの気味悪い金コウモリを見たのである。ああ、そのときの恐ろしかったこと。コウモリはそのまま、どこへともなく飛び去ったが、ひょっとすると、あれがなにか、悪い前ぶれではあるまいかと思うと、いっそう、今夜のパーティーが不安でたまらないのだ。

と、いって、すでにきまったものをいまさら取りやめにするわけにもいかない。そこで思いあまった弥生が、それとなく、おとうさんに胸の不安を打ちあけると、

「そのことだったら、なにも心配することはないのだよ。念のために警視庁の等々力《とどろき》警部や、新日報社の三津木俊助さんにたのんであるから、決して心配するにはおよばんよ」

と、おとうさんは答えたが、弥生の心配は、それくらいのことではおさまるものではない。いまもいまとて、リビング・ルームで、そろそろお客さまのくる時間だが、なにも変わったことがなければよいがと、ひとりくよくよ胸をいためているところへ、コツコツとドアをたたく音。

「どなた」

「わたし、です」

ドアの外からきこえてきたのは、どこかアクセントのちがった声。

「あら、神父さまでしたの。よくおいでくださいました」

弥生がとんでいってドアをあけると、はいってきたのは背のたかい外国人で、カトリックのお坊さんの服を着ていた。弥生があいさつをすると、お坊さんはにこにこしながら、

「おお、すてき、ミス弥生、あなた、とてもきれいです。お人形のよう」

と、じょうずな日本語でほめた。

弥生のおとうさんの柚木老人が、カトリック教の信者だということは、まえにも紹介したが、この人はその教会の神父で、たいへん徳のたかいお坊さんなのである。名まえはニコラ。

「まあ、神父さま、よいところへきてくださいました。わたし、心配で、心配で……」

「ミス弥生、なにがそんなに心配ですか」

「わたし、ゆうべ金コウモリがお庭のおくに飛んでいるのを見たのです。だから今夜ひょっとすると金コウモリの怪人が、やってくるのではないかと、わたし、それが心配でなりません」

弥生が胸の不安を打ちあけると、ニコラ神父はにこにこ笑って、

「おお、ミス弥生、わたし、金コウモリなど信じません。あれはみんな迷信です。世のなかに、金色のコウモリなどありません。日本人、迷信ぶかくて困ります」

「でも……、でも、あたし、げんにゆうべこの目で見たんですもの。金コウモリがお庭を飛んでいるのを……あれ！」

とつぜん、弥生が胸にしがみついてきたので、これには神父もおどろいた。

「ど、ど、どうしました。弥生さん」

「あそこに……あそこに金コウモリが……」

「えっ？　金コウモリが……？」

窓のほうをふりかえったニコラ神父は、思わずギョッと、棒立ちになってしまった。

おお、なんということだろう。窓の外の暗がりを、ひとだまのようにふらふらと、飛んでいるのは、まぎれもなく金コウモリ。

「あっ！」

さすがのニコラ神父もしばらくは、弥生を抱きしめたまま、息をのんで、その気味の悪いけだものを見つめていたが、やがて勇気をとりもどしたのか、弥生のからだをつき

はなし、つかつかと窓のそばにあゆみよると、がらりとガラス戸をひらいたが、そのとたん、金コウモリはフワリと窓のそばをはなれると、植えこみの枝から枝へとつたわって、フワリフワリと、屋根のむこうに消えてしまった。

「ああ、ミス弥生、もうだいじょうぶ。金コウモリは消えてしまいましたよ」

「いいえ、いいえ、神父さま。金コウモリは消えても、金コウモリの怪人は、きっと今夜やって来ます。そして……そして……金コウモリがあらわれると、きっと、人殺しがあるということです。神父さま、神父さま、わたし、どうしたらよいのでしょう。ああ、こわい、わたし、こわい……」

「これこれ、ミス弥生、おちつかなくてはいけません。だいじょうぶ。だいじ……」

ニコラ神父のことばが、とちゅうでとぎれたかと思うと、弥生を抱いていたからだが、きゅうにはげしくふるえたので、なにごとが起こったかと、ふと顔をあげた弥生は、そのとたんまっさおになってしまった。

おお、なんということだ!

ドアの前に、金コウモリの怪人が立っているではないか。

つばの広い帽子に、だぶだぶのマント。マントの胸には、金色のコウモリがぬいつけてある。

しかも、おお、なんという気味悪さ。どくろの仮面のしたから、じろじろふたりを見つめながら、金コウモリの怪人は、ペコリと頭をさげたではないか。

三人の金コウモリ

「あなたはだれです。どうしてこんなところへ来たのです」

やっと勇気をとりもどしたニコラ神父が、とがめるようにそういうと、

「いやあ、これは失礼。びっくりさせてすみません。弥生、わたしだよ、ほらね」

と、どくろの仮面をとった顔を見て、弥生もニコラ神父も、思わず目を見張った。なんと、それは柚木老人ではないか。

「まあ、おとうさままでしたの、びっくりしたわ。それがおとうさまの今夜の仮装なの」

「そうだよ、弥生。金コウモリのやつが真珠塔をねらっているといううわさがあるので、ひとつ、からかってやろうと思ってね。あっはっは、神父さま、よくいらっしゃいました」

「ああ、おとうさま、金コウモリといえば、さっきもこの窓の外を飛んでおりましたのよ」

「えっ、そ、それはほんとうかい」

「ほんとうです。神父さまもごらんになりましたのよ。ねえ、神父さま」

「はい、見ました。わたし、いままで金コウモリなど信じませんでしたが、今夜という今夜はたしかに見ました。ふしぎです」

柚木老人もそれを聞くと、心配そうに窓から外をながめていたが、もとより、もうそのじぶんには、怪しいコウモリのすがたなど、かげもかたちも見えなかった。

「あっはっは、弥生や、なにも心配することはないのだよ。今夜は警視庁から等々力警部もきてくださるし、それに新日報社の三津木さんも、まもなくお見えになるはずだからな」

しかし、その三津木俊助はそのころすでに、探偵小僧の御子柴少年とともに、金コウモリの手先のために、いずこともなくつれさられていたのだった。

それはさておき、こうした不安につつまれながらも、それからまもなくひらかれたのが、あの有名な柚木邸の仮装舞踏会である。

虹《にじ》と見まちがえるほどの五色のテーブルに、色美しくかざられた大ホールの一隅《いちぐう》に、ガラスのケースにおさまって陳列されているのが、今夜のよびものの真珠塔。なるほど柚木真珠王が精魂《せいこん》をかたむけてつくりあげたというだけあって、その真珠塔のみごとなこと。

塔の高さやく一メートル、五重の塔になっていて、上から下まですきまもなく、上等の真珠をちりばめた美しさ。なんでも柚木老人はその真珠塔をつくるのに、全財産を投げだしたとやらで、いまのねだんにすると、何十億のねうちがあるかわからぬということ。その夜のお客で、そのみごとさをほめない人はいなかったが、しかし、それにもまして、強く人びとの目をひいたのは弥生である。じっさい、ニコラ神父に手をひかれて、しずしずとホールのなかへはいってきた弥生の美しさといったら、それこそ照りかがやくばかりだった。

「まあ、なんてかわいいんでしょう」

「ああ、これはみごとだ。このお嬢さんのほうが、真珠塔より、よっぽどみごとだ」

と、くちぐちにほめそやされ、弥生はほおをそめながら、

「神父さま、おとうさまはどこにいらっしゃるのでしょう」

と、あたりを見まわしたが、なにしろホールにあふれる客は、みんな仮装しているのだから、だれがだれだかわからない。そのうちに、金コウモリに仮装している人を見つけて、

「ああ、あそこにいらっしゃるわ」

と、そばへかけより、

「おとうさま」

と、あまえるように声をかけると、

「ああ、これは失礼、お嬢さま、おとうさまならむこうにいらっしゃいますよ」

と、そういわれてびっくりした弥生が、むこうを見ると、なるほどそこにも同じ仮装の金コウモリが客にとりかこまれて、愛嬌をふりまいているのである。

「あら、失礼、ごめんなさい」

気味悪そうに何者ともしれぬ金コウモリのそばをはなれて、もうひとりの金コウモリ

のほうへいこうとした弥生は、そこで、ハッと立ちどまった。そのときホールの入り口から、ふらりふらりとはいってきたのは、なんと、また金コウモリの仮装ではないか。

ああ、よりによって、いまわしい金コウモリの仮装が、ひとりならずふたり三人、同じ場所にあつまるというのは、なんということだろう。しかも、いまはいってきた第三の金コウモリの気味悪さ。からだはほかのふたりよりよほど小さく、顔はどくろの仮面でかくしているが、その仮面の下からのぞいている目の気味悪さ。

それは、まるでくさった魚の目のように、どろんとにごって生気がなく、しかも、その足どりというのが、雲をふむようにフワリフワリと、まるで幽霊が歩いているようなのだ。

弥生はそれを見ると、ゾーッと鳥はだが立つような気がしたが、ほかの人もそれに気がつき、

「おや、また、あそこへ金コウモリがきましたよ」

「まあ、いやねえ、柚木さんもいたずらがすぎますわ」

「いや、これはいたずらではないかもしれん。なにか、ほんとに起こるかもしれんぞ」

お客たちもなんとなく、気味が悪くなったのだろう。じりじりとホールのすみへしりぞいた。弥生もそれを聞くと、気が気でなく、三人の金コウモリを見つめている。

やがて客たちは、すっかり壁ぎわにしりぞいて、真珠塔をかざってあるテーブルのまわりは、がらあきになってしまった。そして、そのテーブルの左右に立っているのは、

ふたりの金コウモリだけ。

と、そこへあいかわらず、雲をふむような足どりで、フワリフワリとちかづいてきたのは、いま入り口からはいってきた第三の金コウモリだ。

しばらく三人は、たがいに仮面をのぞきあっていたが、やがてひとりが、

「あなたはだれです！」

と、叫んだ。するともうひとりが、

「あなたこそ、だれです！」

と、おうむがえしに叫ぶ。すると、第三の金コウモリも、

「そういうあなたがたこそ、だれです！」

と、これまた、負けずにやりかえしたが、ああ、その声の気味悪さ。ひくくしゃがれてそれでいて、みょうにきいきいした声なのである。

「仮面をおとりなさい！」

と、最初のひとりがいうと、それにつづいて、第二の金コウモリが、これまた、

「仮面をおとりなさい！」

「仮面をおとりなさい！」

第三の金コウモリも、あいかわらず、ひくい、きいきい声でいった。

「ちくしょう！」

「ちくしょう！」

「ちくしょう！」

ああ、なんということだろう。

ひとりがものをいうたびに、ほかのふたりも順ぐりに、同じことをいうのである。

もしこれが舞台かなにかで演じられるお芝居なら、これほどおもしろい場面はないにちがいない。見ている人びとも、きっと腹をかかえて、笑いころげたことだろう。

しかし、いまはだれひとり口をきくものさえいない。なにかへんである。なにかしら、気味が悪いのである。

弥生をはじめとして、ほかの客たちも、手に汗をにぎって、この場のなりゆきを見まもっていた。

「おのれ！」

「おのれ！」

「おのれ！」

三人の金コウモリが、またもややまびこのように叫んだ。と、いまはもうたまりかねたのか、第一の金コウモリが声をあらげ、

「おい、仮面をとれ。仮面をとって顔を見せろ」

と、叫びながら、第三の金コウモリに、おどりかかろうとしたが、そのとたん、サッと身をひいた第三の金コウモリが、右手をあげたのが合図でもあったのか、いままで、さんぜんとかがやいていたホールの、電気という電気が、いちじに消えて、あたりはう

るしにぬりつぶされたような闇。

そうでなくてもさっきから、おびえきっていた人びとは、思わず、キャーッと暗がりで、なだれをうってかえしたが、そのときだった。もっともっと恐ろしいことが起こったのである。

どこから舞いこんだのか、怪しいコウモリが一ぴき、二ひき、三びき、きらきらと鬼火のような光をはなちながら、まっ暗な天井のあたりを、フワリフワリと飛んでいるではないか。

それを見るとおおぜいの客たちは、またもや、キャーッと、大きくなだれをうってかえした。

恐ろしき罠《わな》

こうして、人びとが暗闇《くらやみ》のなかで、悲鳴をあげて押しあいへしあい、大混雑しているころ、ひらりとホールを抜け出したひとつの影がある。

ホールの外も、うるしのような闇だから、すがたかたちを知るよしもないが、胸にぬいこんだ金コウモリのししゅうだけが、鬼火のようにぼうっと光っている気味悪さ。ああ、ひょっとするとこの影こそ、ほんものの金コウモリではないだろうか。

怪しい金コウモリは、長い廊下をいくどかまがって、やがてやってきたのは、柚木老人の書斎だった。幸か不幸か、ホールのさわぎにとりまぎれて、そのとき書斎のちかくには、だれひとり人はいなかった。

しめたと思ったのか、金コウモリは合《あ》い鍵《かぎ》を出してドアをひらくと、なんなく書斎のなかへしのびこんだ。そして、手にした懐中電灯で、部屋のなかを調べていたが、すぐ目についたのは、人間の高さほどあろうという大金庫である。

金コウモリはそれを見ると、満足そうな吐息《といき》をもらしながら、金庫の前にしゃがみこみ、ぐるぐるダイヤルをまわしはじめた。

それにしても、ふしぎなのは金コウモリの行動である。金コウモリのねらっているのは、真珠塔ではなかったのだろうか。真珠塔ならホールにかざってあるのに、なんだって書斎へしのびこみ、金庫など開こうとするのだろう。

ひょっとすると金庫のなかには、真珠塔よりもっとねうちのあるものが、しまってあるのではないだろうか。

いやいや、そんなことは考えられない。柚木老人は真珠塔をつくるのに、全財産を投げ出したというではないか。してみれば、真珠塔よりねうちのあるものが、金庫のなかにのこっているはずがないのだ。とすれば、金コウモリはいったい、なにをねらっているのだろうか。

それはさておき、金コウモリがぐるぐるダイヤルをまわしているうちに、やがてガタンと音がして金庫の鍵がはずれた。

　金コウモリはふるえる手で、重い金庫のドアをひらくと、さっと懐中電灯の光で、金庫のなかを照らしたが、そのとたん、

「あっ！」

と、いう叫びが唇《くちびる》からもれた。思いがけなくも金庫のなかはもぬけのから、金《かね》めのものはもちろん、紙くず一枚ないのである。

「しまった！　しまった！　ちきしょう、いっぱいくわされた！」

　金コウモリの怪人は、いかにもくやしそうに、じだんだふんでくやしがったが、それでもまた気を取りなおして、もう一度懐中電灯の光で、金庫のなかを調べてみると、おくのほうになにやら紙が貼《は》ってある。

「しめたっ、ひょっとすると、あれがなにかの手がかりになるかもしれない」

　そうつぶやいた金コウモリは、左腕をのばしてその貼り紙に手をかけたが、そのとたん、

「キャッ！」

と、たまぎるような、叫びをあげた。ああ、なんということだろう。金コウモリが貼り紙をむしりとったとたん、金庫からとび出した、するどい二本の鋼鉄の歯が、ガッキとばかり、手首をはさんだではないか。

「あっ、いたッ、いたッ、ちきしょう！　ちきしょう！」

　金コウモリはもがいた。うめいた。まるで罠《わな》に落ちた猛獣のように、ものすごいうな

り声をあげてあばれまわった。

しかし、もがけばもがくほど、あばれれば、あばれるほど、するどい鋼鉄の歯は、いよいよますます、強く手首にくいいるばかり。

わかった、わかった。これこそ柚木真珠王が、どろぼうの用心のために、仕組んでおいた罠だったのだ。そして、金コウモリの怪人は、まんまとその罠に落ちたのである。

こうして、罠に落ちた金コウモリの怪人が、死にものぐるいでもがいているころ、ホールでも、また、大さわぎがつづいていた。

あの怪しい金色コウモリが、一ぴき、二ひき、三びき、まだフワリフワリと、暗い天井をとんでいる。そのコウモリが頭上にくるたびに、人びとは悲鳴をあげて逃げまどった。

「電気！　電気！　電気をつけろ！」

だれかが、はげしく叫んだが、そのとたん、ホールの片すみからズドンと一発ピストルの音。それが命中したのか、しなかったのか、金色コウモリのすがたが、かき消すように消えたかと思うと、どこかで、

「キャッ、うむむ……」

と、するどい悲鳴とうめき声、それにつられて、ドスンとなにか倒れる音。

「あっ、だれかがここに倒れている！」

「血！　血だ！　血が流れている……」

暗闇のなかで、くちぐちに叫ぶ声がきこえたが、それからまもなく、やっとのことで電気がついてみると、あの真珠塔をかざったテーブルのしたに、ぐったり倒れているのは金コウモリの仮装の人物。見ると、胸からどくどくと、おそろしい血が吹き出して……。

そして、そのそばにしゃがんでいるのは、ニコラ神父ともうひとりの金コウモリ。見ると、その金コウモリのにぎったピストルからは、まだぶすぶすと煙が吹き出しているのである。

遠くのほうからそれを見ていた弥生は、ハッと、ある恐ろしい予感にうたれた。ぼうぜんとしているおおぜいの客をかきわけて、そのほうへかけつけていくと、ちょうどそのとき、ニコラ神父が、倒れている金コウモリの顔から、仮面をはずすところだったが、ああ、弥生の予感はあたっていた。

「お、お、おとうさま!」

弥生は床に倒れている金コウモリに、ひしと、すがりついたが、まさしくその金コウモリこそ、弥生の父、柚木真珠王だったのである。真珠王は短刀で胸をえぐられて、はや、息もたえだえだった。

「だれです、こんなことをしたのは……。ああ、あなたがそのピストルをうったのですね」

弥生はいかりに声をふるわせて、そばにいるもうひとりの金コウモリをきめつけた。

「いいえ、わたしじゃありません、お嬢さん、わたしはあの怪しいコウモリめがけてぶっぱなしたのです」

そういいながらその金コウモリは、いまさらのように、あかるくなったホールを見まわした。しかし、あの怪しいコウモリのすがたは、かげもかたちも見あたらない。

「それにしても、あなたはだれです。なぜ、そんないやな仮装をしているのです」

弥生のはげしいことばを聞いて、あいてはしずかに仮面をとると、

「お嬢さん、わたしですよ。等々力警部です」

「あっ！」

弥生も、ふたりを取りまいている人びとも思わず叫び声をあげた。

「ああ、それではもうひとりの金コウモリが、おとうさまを殺したのね。警部さん、あなたはなぜ、おとうさまを助けてはくださらなかったんです」

「お嬢さん、すみません。わたしはこの真珠塔に気をとられていたものですから、……それにまさか、金コウモリのやつが、こんな恐ろしいことをしようとは思わなかったから……」

等々力警部がめんぼくなげに頭をたれたときだった。

「おお、警部……等々力警部……」

うめくようにそうつぶやいたのは真珠王、それを聞くと弥生は、気がくるったように父のからだにとりすがって、

「ああ、おとうさま、気がおつきになりましたか。しっかりしてください。傷は浅いのですから」

「おお、弥生、わしはもうだめだ。……警部、等々力警部……」

「はい、ご老人、なにかご用でございますか」

「もうひとりの金コウモリは……さっきの、もうひとりの金コウモリは……？」

「はあ、あいつのすがたはさっきから、このホールには見えませんが……」

「それじゃきっと、わしの書斎だ。わしの書斎へいってみてくれ。……あいつはきっと、書斎のなかでとらえられているにちがいない……」

「えっ、金コウモリがとらえられているんですって」

「そうじゃ、わしは金庫にしかけをしておいた。……それにしても、おそろしいのは金コウモリ……わしの秘密をなにもかも知っているのじゃ……ああ、三津木くん、三津木俊助くん……」

「三津木くんは、まだ来ておりませんが、なにかおことづけでも……」

「おお、三津木くんにあったらいっておいてくれ。弥生をたのむと。……わしの書斎……金庫……はやくいってみて……神父さま、あなたもいっしょに。……ああ、8、4、1……」

謎のような柚木老人のことばに、等々力警部もいってよいやら、悪いやら、ちょっととまどいを感じたが、その肩に手をかけたのがニコラ神父。

「いってみましょう、警部さん、せっかくの柚木さんのおたのみですから」

ニコラ神父のことばに心をきめた等々力警部、あとは弥生や、いあわせた医者にまかせて神父とともにやって来たのは書斎である。

見ると、書斎のドアはあいており、なかへはいると、金庫のドアもあけっぱなしになっていたが、金コウモリのすがたはどこにも見えないのだ。

「どうしたんでしょう。柚木さんのことばによると、金コウモリはこの部屋にとらえられているということでしたが……」

「あれはやっぱり柚木老人の幻想だったんですね」

等々力警部はうなずきながら、なにげなく金庫のなかをのぞきこんだが、そのとたん、

「わっ、こ、これは……」

と、悲鳴をあげてとびのいた。それもそのはず、金庫のなかには、二本の鋼鉄の歯にはさまれて、血まみれの手首がひとつ、ぶらさがっているではないか。

ああ、なんという恐ろしさ。金コウモリの怪人は、逃げる手段のないことをさとると、みずから手首を切り落としていったのである。

等々力警部は身ぶるいしながら、その手首を見ていたが、きゅうにギョッと息をのみこんだ。なんとそれは女の手首ではないか。

そうすると、いま世間をさわがしている、金コウモリの怪人とは、女なのであろうか……。

さすがの等々力警部もあまりのことに、しばらくは口をきくこともできなかったが、そのうちにふと、女の手首がなにやら紙ぎれのようなものを、にぎっていることに気がついた。

手にとってみると、紙ぎれのうえにはただ三文字、8・4・1。

俊助のゆくえ

それにしても、手首のにぎっている紙に書かれた8・4・1とはどういう意味か？

柚木老人の秘密とはなにか？　さてはまた、金コウモリにつれさられた三津木俊助や探偵《たんてい》小僧の御子柴少年は、その後、どうなっただろうか。

こうして事件はますます、怪奇さと恐ろしさをましていくのだったが、ここでは柚木家のそのごのなりゆきは、しばらくおあずかりしておいて、探偵小僧御子柴進少年のことから、筆をすすめていくことにしよう。

麻酔ピストルの射撃をうけて、自動車のなかで気をうしなった進は、それから、どのくらい眠っていただろうか。ふと気がつくと、いつのまにやら、あかるい広場の、芝生のうえに寝かされているのだ。

空には暖かい日がかがやいて、小鳥の声もにぎやかである。

進はしばらくきょとんとした顔で、青く晴れあがった空をながめていたが、ふっとゆうべのことを思い出すと、きゅうにサッと芝生のうえから起きなおった。そして、あわてて、きょろきょろあたりを見まわしたのである。

はじめのうち進にも、そこがどこだかわからなかった。しかし、しばらくあたりを見まわしているうちに、見おぼえのある野球場のスタンドや、記念館の建物から、そこが神宮外苑であることに気がついた。

探偵小僧の御子柴少年は、寝ているあいだに、外苑の芝生のうえにほうり出されていたのである。（しかし、三津木さんは……？）

進は、またあわててあたりを見まわしたが、俊助の姿はどこにも見あたらない。

ああ、それでは金コウモリの一味のものは、じぶんをここへほうり出しておいて、三津木俊助だけをどこかへ連れていってしまったのか……？

そう気がつくと進の胸には、にわかに不安がこみあげてきた。まるで小ウサギのように、ピョコンと芝生からとびあがると、いちもくさんに外苑をとび出し、ちょうど通りかかったタクシーをよびとめると、大いそぎで新日報社へもどって来たが、そのときの社内の騒ぎといったらなかった。

それはそうだろう。新日報社の宝といわれる花形記者、三津木俊助のゆくえが、ゆうべからわからないのである。悪者に誘拐《ゆうかい》されたのではないかという、疑いさえもあるのだ。

そこで、社内はひっくりかえったような騒ぎを演じていたが、そこへ進だけが、ひょっこり帰って来たのだからたまらない。

「あっ、探偵小僧、きさまはいったいどこにいたんだ。三津木さんといっしょじゃなかったのか」

「ええ、いっしょだったんです。たいへんです、たいへんです。三津木さんは悪者にさらわれました。局長さんにあわせてください」

「よし、こっちへ来い」

進は山崎《やまざき》編集局長の前へ連れていかれると、ゆうべの出来事をのこらず話したが、それを聞いた人びとのおどろきといったらなかった。

「えっ、それじゃ三津木くんは金コウモリの一味のものに、連れていかれたのか」

「そうです、そうです。金コウモリのやつ、三津木さんがパーティーへくるとじゃまになるので、さきまわりをして連れていったんです」

さあ、それを聞いた新日報社の騒ぎはいよいよ大きくなった。

山崎編集局長はすぐ警視庁へ電話をかけ、三津木俊助のそうさく願いを出すとともに、社内の記者を総動員して、ゆくえをさがすことになった。

また、このことはその日の夕刊にも大きく出され、ラジオのニュースでも報道されて一般市民の協力がもとめられたが、それにもかかわらず、五日たっても、十日たっても、俊助のゆくえはわからない。

こうして、俊助が誘拐されてからはや半月。いまだにゆくえがわからないところを見ると、俊助はすでに殺され、死体のしまつをされてしまったのではないか……。と、そういう疑いが、しだいにこくなって、新日報社はふかい悲しみにつつまれてしまった。

こうして、三津木俊助のゆくえが、いつまでたってもわからないにつけ、探偵小僧の御子柴少年の気持ちは、どんなだったただろう。

三津木俊助は進にとって、もっとも尊敬する人だった。進が新日報社へはいったのも、その人を慕ったからなのである。

その俊助のゆくえがいまもってわからない。殺されているかもしれないというのだ。しかも、俊助が誘拐されるとき、じぶんもいっしょだったのに、じぶんだけはたすかって、三津木だけ災難にあってしまったのだ……。

そう考えると進は、胸も張りさけるような気持ちだった。

しかし、進がいかに悲しみに沈んでいるとはいえ、新聞社につとめていれば、いろいろいそがしい用事がたくさんある。

きょうもきょうとて上役の命令で、銀座《ぎんざ》のほうへ出かけたが、その帰りがけ、銀座通りの歩道を、思いに沈んで歩いていると、ふいに耳もとで、アッというような、ひくい叫び声がきこえた。

探偵小僧の御子柴少年は、その声にふっとふかい思いをやぶられて、あたりを見まわすと、そこは銀座でも有名なデパート、鶴屋のショーウインドーの前だった。

　そして、そのショーウインドーの前に、女の人がひとり立って、なにやら熱心にのぞいているのだが、そのようすがふっと進の好奇心をそそった。

　いま、アッとひくい叫びをあげたのは、この人だろうか。そうだ、あたりにだれもいないところを見ると、この人にちがいない。しかし、この人は、なぜあんな叫び声をあげたのだろう。そして、なにをあのように、熱心にのぞいているのであろう。

　進もその人の左がわに立って、ショーウインドーのなかをのぞきこんだ。しかし、かくべつ変わったところも見あたらない。

　それにもかかわらず、その人は大きく息をはずませながら、なにやら熱心に見ているのである。顔色を見ると、まっさおである。

　進もショーウインドーの前の手すりに手をかけて、もういちど、ショーウインドーのなかをのぞこうとしたが、そのまえに、ハッとみょうなことに気がついた。

　女の人もてすりのうえに両手をおいているのだが、進はその人の左手になにげなくふれたのだ。ところが、その手ざわりというのが、なんともいえぬほどへんてこなのだった。

　女の人は絹の手袋をはめていたが、その手袋をとおして感じられる手ざわりというのが血のかよっている人間の手とは思えないのである。

　進は、にわかに胸がドキドキした。それはこのあいだの柚木邸のパーティーで、金コウモリがじぶんの左の手首からさきを、切り落として逃げたということを聞いていたからである。しかも切り落とされた手首は女だったのだ……。

世のなかに手首からさきのない女が、そんなにたくさんあるとは思われない。それでは、ひょっとするとこの人が……。

進は思いきって、ギュッと女の左手をおさえてみた。しかし、あいてはまだ気がつかない。しかも、なんだかごつごつとしたその手ざわり……。

ああ、もうまちがいはない。この人は左の手首からさきがないのだ。そして、ゴムかなんかで作った義手をはめているのだ……。

進は胸をドキドキさせながら、そっと女の人の横顔をながめた。

それは、とてもきれいな人だったが、進にはなんだかその顔に、見おぼえがあるような気がしてきた。

(だれだろう、どこでこの顔を見たのかしら)

そう考えているうちに、進はハッと思い出した。

「あっ、黒河内《くろこうち》晶子《あきこ》さんだ！」

おもわず声に出して叫んだので、女の人はギョッとしたように、進の顔をふりかえったが、そのまま、逃げるようにふらふらと、ショーウインドーの前をはなれていった。

進はぼうぜんとして、そのうしろすがたを見送っている。

黒河内晶子というのは、有名な映画スターなのである。その人が金コウモリだなどとは、思いもよらない。しかし、あの手首は……？

　どちらにしても、もう少しようすを見てやろうと、進は晶子のあとをつけていきかけたが、そのまえに、いったい晶子はなにをあのように、熱心にのぞいていたのかと、もういちど、ショーウインドーのほうをふりかえったとたん、進はそれこそ気が遠くなるようなショックをかんじたのだった。

真珠塔の秘密

　ショーウインドーのなかは、洋家具セットの陳列だった。いすやテーブルや洋だんすのほかに大きなベッドがおいてあり、ベッドのうえにだれか寝ている。

　はじめ見たとき進は、それをマネキンの人形だと思っていたのだ。ところが、いまあらためて見なおすと、それは人形ではなく人間なのである。しかも、なんと、三津木俊助ではないか。

「あっ、三津木さんだ、三津木さんだ。三津木俊助さんが、あんなとこに寝かされている」

　進が、びっくりしてわめきたてたから、さあ、たいへん、鶴屋の前は大騒ぎになった。

「そうだ、そうだ、あの人だ。ぼくも新聞で写真を見たのでおぼえている。あれがゆくえ不明になっている三津木俊助さんだ」

「まあ、でも、どうしてあんなところに寝ているんでしょう。ひょっとすると殺されて……」

進も、はじめはてっきりそうだと思っていたのである。毛布にかくれて見えないけれど、どこかに、大きなきずをうけているのではないだろうか。

しかし、そうではなかったのだ。

騒ぎに気がついた店員が、ショーウインドーのなかにとびこみ、毛布をとってみたところ、俊助はどこもけがはなかったのである。いや死んでいるのではなく、生きていたのだ。ただ眠っているだけだったのである。

さあ、それからの騒ぎは、いまさらくだくだしく書き立てるまでもあるまい。

俊助のからだは、すぐに事務所へかつぎこまれると、まもなく医者がやってきた。その医者が手当てをしているあいだに、進が電話をかけたので、社から山崎編集局長はじめ、おおぜいの人がかけつけてきた。

さいわい、医者の手当てがよかったのか、俊助はそれからまもなく目をさましたが、じぶんがデパートの店頭に、かざりものにされていたということを知ると、唇をふるわせていきどおった。それはそうだろう。男として、これほど大きなはずかしめはないのだ。

「まあまあ、いいさ。いのちにまちがいがなかったのだから、これにこしたことはない」

と、山崎編集局長はなぐさめ顔に、

「とにかく、いろいろ話があるから、すぐ社に帰ろう」

と、それからまもなく連れだって、新日報社へひきあげると、山崎編集局長はまず、あの夜、柚木邸で起こったできごとを語ってきかせた。俊助はそれを聞くと、おどろきのあまり、ただもう目をまるくするばかりだったが、

「いや、そのほかにも、もっとみょうなことがあるんだよ。きみは、柚木老人の真珠塔を知っているだろう」

「もちろん。ぼくはそれを見張るために、招待されていたんですから」

「ところが、おかしなことには、あの真珠塔は、にせものだったんだよ」

「な、な、なんですって、そ、そ、そんなばかな……だって柚木さんはあの真珠塔をつくるために全財産を投げ出したというじゃありませんか」

「だから、おかしいんだ。柚木さんが殺されたあとで、等々力警部が監督して、真珠塔を大金庫にしまおうとしたが、どうも少しおかしいので、専門家をよんで調べてもらったところが、あれは十万円もしないにせものだということがわかったんだ」

「じゃ、だれかがすりかえたんですか」

「いや、そんなひまはない。柚木さんはあの晩、お客さんにじまんするために、なんども真珠塔のそばへより、なでたり、さすったりしていたというんだ。真珠にかけてはあんなに目のこえた人だから、にせものだったらすぐ気がつくはずだ。といって、柚木さんが殺されたあとで、すりかえられたなんてことは絶対ない。あれは一メートル以上も

ある大きなものだし、それに、等々力警部がたえず見張っていたのだから……」

「と、いうと……？　どういうことになるんですか」

「つまりだね、これは等々力警部の意見もおなじだが、あの真珠塔ははじめから、にせものだったんだ。柚木老人は悪者にねらわれることを恐れてはじめからにせものをつくっておいた。そして本物は、どこかべつのところにかくしてあるんだ」

俊助は、おもわず大きく目を見張った。

「べつのところって……」

「それが、どこだかわからない。わからないから困っているんだ。きみも知ってのとおり、柚木老人はあの真珠塔に全財産をかけられた。それがどこにあるかわからないということになると、弥生さんは一文なしのからだになるんだ」

俊助はまた大きな目を見張った。そばで聞いている進も、おもわず手に汗をにぎらずにはいられなかった。

「柚木老人はいつかそのことを、弥生さんに話すつもりだったろう。ところがきゅうに死なれたものだから、そのひまがなかったんだ。柚木老人は死ぬまえに、弥生さんのことを、三津木俊助さんにたのんでほしいと、等々力警部にことづけたそうだ。三津木くん、弥生さんのために、ぜひとも本物の真珠塔のありかを、さがしてあげてくれたまえ」

山崎編集局長の話をだまって聞いていた俊助は、きゅうにキッとまゆをあげると、

「すると金コウモリのやつも、あの晩の真珠塔がにせものだということを知っていて、

本物のありかをさがしているんですね」

「そうなんだ。そしてね、その本物のありかを知る、ただひとつの手がかりというのが、8・4・1という数字ではないかと思うんだ」

「8・4・1ですって？」

「そう、柚木老人は死ぬまえに、そういう数字をつぶやいたというし、また、金コウモリが切り落としていった手首も、同じ数字を書いた紙をにぎっていたんだ」

「8・4・1……8・4・1……しかし、それだけじゃ、なんのことだかわからない」

俊助は、首うなだれて考えこんだ。

「いや、それはあとでゆっくり考えるとして、それより三津木くん、こんどはきみの話をきこうじゃないか。きみはきょうまで、どこにいたんだ」

しかし、それに対する俊助の答えは、いたってかんたんだった。

目がさめたとき俊助は、どこともしれぬ穴ぐらのようなところに寝かされていたのである。その穴ぐらには、あついドアがついていたが、そのドアには小さい四角なのぞき穴があって、そこからマスクで顔をかくした人物が、三度の食事を入れてくれたのだ。

「ところが、ゆうべ食った食事の味が、少しへんだと思ったら、きゅうに眠くなって……きっとあのなかに、眠り薬がはいっていたんですね。そして眠っているあいだに、鶴屋デパートのショーウインドーへ、運びこまれたんですね」

俊助は、いかにもくやしそうに歯ぎしりしたが、きゅうに思い出したように、

「そうそう、ぼくを最初に発見してくれたのは、探偵小僧、きみだったそうだね。いや、ありがとう」

俊助に礼をいわれて、進はあかくなりながら、

「いいえ、あの、ほんとをいうとぼくじゃないんです。ぼくよりさきに、気がついた人がいるんです。ところが、それが、とてもへんなんです」

「へんだって、なにがへんなんだ」

「ぼくよりさきに、三津木さんに気がついたのはほら、三津木さんも知ってるでしょう。あの有名な映画スターの、黒河内晶子なんです。ところがあの人は左の手首からさきがないんです。義手をはめているんです。だから、ひょっとすると、金コウモリというのは黒河内晶子……あっ」

進が、きゅうにいすからとびあがったので、山崎編集局長と俊助が、びっくりしてドアのほうをふりかえると、なんと、そこへ幽霊のような顔をして、よろよろとはいってきたのは、いまうわさをしていた黒河内晶子ではないか。

「あっ、きみは黒河内くん、ど、どうしてここへやって来たんだ」

「先生！　三津木先生！」

晶子はまっさおな顔をして、ふらふらしながら、

「先生、わたしを助けてください。わたしは……、わたしは金コウモリの怪人なんでしょうか」

「な、な、なんだって？」

「わたしはあの恐ろしい、金コウモリの怪人なんでしょうか。わたしが金コウモリになって、柚木さんを殺したのでしょうか」

晶子はうめくようにいって、はげしくからだをふるわせながら、

「わたしはなんにも知りません。しかし、やっぱりそうにちがいありませんわ。わたしこそ、金コウモリなんだわ。そして、この手で柚木さんを殺したんだわ」

「黒河内くん！」

俊助は、するどい目で晶子の顔を見つめながら、

「きみはなんだって、そんなばかげたことを考えるんだ。きみが金コウモリだなんて、そんな……そんなばかなことが……」

「でも、先生、これを見てください。しかも、わたしがこうなったのは、柚木さんのお宅で、仮装舞踏会があった晩からなんです」

そういいながら晶子は、右手で手袋をはめた左の指をにぎりしめると、力をこめてそれを引いたが、すると、ああ、なんということだろう。

晶子の左手が手首のところから、スポンと音を立てて抜けたではないか。

地獄からの声

それにしても晶子の手首が、スポンと音を立てて抜けたときの、三津木俊助や進のおどろきは、どんなだっただろうか。

「あっ、黒河内くん、こ、これはどうしたんだ。きみはいつ左の手首をなくしたんだ」

俊助のことばに晶子は涙ぐみながら、

「先生、それがわたしにもわかりませんの。いつどうして手首を切り落とされたのか、わたしには少しもおぼえがありませんの」

「な、なんだって、きみ自身にもおぼえがないって。それはどういう意味なんだ」

晶子は涙にぬれた目をあげて、

「先生、こんなことをいっても信用していただけるかどうかわかりませんが、でも、ほんとうなんです。わたしには、あの晩の記憶がぜんぜんございませんの」

「あの晩って、いつのこと？」

「はい、あの、柚木さんの殺された晩」

と、晶子は三津木俊助や山崎編集局長、さては御子柴進を見ながら、さも、恐ろしそうに肩をすくめて、

「あの晩、わたしはうちで本を読んでいました。ところが八時になって、なんともいえないみょうな気持ちになって……だれかが耳もとで、なにかささやいている感じなんです。わたし、一生けんめいに、その声とたたかっていましたが、そのうちに、ふうっと気が遠くなって、それからあとのことはなにひとつ、おぼえていないのです。ところが、

そのうちに、はげしい痛みに気がつくと……」

晶子は恐ろしそうに身ぶるいをすると、

「母がまるで幽霊のような顔をして、そばに立っております。そして、晶子さん、その手首はどうしたのとききます。わたし、はっとして左の手に目をやりましたが、そのとたん、キャッと叫んで、また気をうしなってしまったのです。いつのまにやらこの手首が切り落とされて……」

と晶子は涙をながしながら、

「それからまもなく、二度めに正気にかえったとき、あたしは母から恐ろしい話をききました。その晩、わたしは柚木さんの仮装舞踏会へ出席するといって、八時すぎに家を出たそうです。そして十一時すぎ、左の手首を切り落とされて、息もたえだえになって、うちへ帰って来たというんです」

「しかも、きみにはそういう記憶がないんだね」

「はい、ぜんぜん。ああ、先生、わたし気が狂ったのでしょうか。それとも夢遊病とやらで、柚木さんのところへいって……」

晶子はワッと泣きふしたが、それにしても、なんというふしぎな話だろう。

世に夢遊病者の話はままあるが、いまの晶子の話のような、恐ろしい例がほかにあるだろうか。三人はゾッとしたように、晶子のようすを見まもっていたが、そのうちに、俊助が思い出したように、

「黒河内くん、きみはこのあいだ、自動車のなかで殺された、丹羽百合子を知らないかね」

「はい、あの、ぞんじております。友だちではありませんが、あるところで、ちょくちょくお目にかかりました」

「あるところって、どこ……？」

「はい……あの……それは……」

晶子はなにかいおうとしたが、きゅうにはげしくからだをふるわせると、見る見るうちにその顔色が、なんともいえぬほど、気味悪くかわってきたのだ。

「黒河内くん、どうした、どうした」

俊助がおどろいて声をかけたが、晶子はすこしも聞こえぬらしく、ぼんやり前方を見ていたが、やがて口をひらいたかと思うと、

「おい、俊助、おれがだれだかわかるかい」

と、そういう声は、まるで地獄から聞こえて来るような、気味の悪いしゃがれ声ではないか。一同がびっくりして、晶子の顔を見ていると、

「おい、俊助、おれは魔術師なんだ。人間を自由じざいにあやつる魔術使いだ」

「あっ、催眠術《さいみんじゅつ》だ！」

進がおもわず叫ぶのを、

「しっ、黙っていたまえ」

と、一同がかたずをのんで聞いていると、晶子は世にも恐ろしいことをささやきはじめた。

「おれははじめ丹羽百合子を、手先に使っていたが、あいつだんだん催眠術がきかなくなったので、思いきって殺してしまった。そして、かわりに黒河内晶子を使うことにきめたんだ。うっふっふ、わかったかい」

そこまでいうと晶子はまるで、泥人形がくずれるように、机のうえにつっ伏してしまった。

ああ、恐ろしい催眠術。それでは金コウモリの怪人は、催眠術で晶子をあやつり、人殺しまでさせたのか。三人はゾクリとからだをふるわせたが、そのときだった。キャッと悲鳴をあげたのは探偵小僧の御子柴少年である。

「あっ、あんなところに金コウモリが……」

その声にギョッとしてふりかえった三津木俊助と山崎編集局長は、からだじゅうがしびれるようなおどろきにうたれた。

ああ、なんということだ。窓の外から金コウモリの怪人が、のぞいているではないか。つばびろ帽子にどくろの仮面、胸にぬいつけた金色のコウモリ、たしかにそれは金コウモリの怪人だが、それにしても怪人は、どうしてあんなところにいるのだろう。

そこは、新日報社の五階である。窓の外には空気のほかにはなにもない。それにもかかわらず、金コウモリの怪人は、窓から一メートルほどはなれたところに、まるで雲をふむようなかっこうで、ふらふら立っているのである。それでは、金コウモリの怪人は、魔法使いのように、自由に空を歩くことができるのだろうか。

さすがの三津木俊助も、全身の毛がさか立つばかりの恐ろしさを感じたが、すぐ気をとりなおして、窓のそばへかけよると、そのとたん、怪人はフワリと窓から遠くはなれて、ふらふら上へあがっていった。

「待て！」

俊助が窓をひらいたとたん、

「あっ、だれかアドバルーンの綱にぶらさがっている！」

と、地上から叫ぶ人の声。俊助もそれではじめて、怪人のやりかたがわかった。

新日報社の屋上には、アドバルーンがつないであったが、怪人はその綱を切り、綱のさきにぶらさがって、五階の窓からのぞいていたのである。そして、いまやアドバルーンの浮力にひかれて、フワリフワリと空へまいあがっていくのだ。

そう気がつくと一同は、ただちに屋上へかけのぼったが、ちょうどそのとき金コウモリの怪人は、屋上から数メートルはなれたうえを、フワリフワリととんでいく。

道いく人がそれを見つけたからさあたいへん。有楽町《ゆうらくちょう》へんはいっぱいのひとだかり。

「わっ、金コウモリの怪人だ。金コウモリがアドバルーンにぶらさがって逃げていくぞ」

俊助はじだんだふんでくやしがりながら、

「だれかあのアドバルーンをぶっこわせ。アドバルーンをこわして、怪人をつかまえろ！」

と、夢中で叫んでいたが、しかし、アドバルーンは手のとどかぬ、はるかな空に浮いているので、どうすることもできない。

ところが、ちょうどそのころ、新日報社のとなりにある日本劇場には、ハリー・ダンカンというアメリカの有名な西部劇スターがきていて、射撃の妙技を見せていた。

そのダンカンも騒ぎを聞いて、日本劇場の屋上に出ていたが、いまの俊助の叫びがわかったのか、手に持っていた拳銃《けんじゅう》を取りなおすと、ねらいをさだめてズドンと一発。

さすがは射撃の名手である。ねらいたがわずアドバルーンに命中したからたまらない。ドカンと大きな音を立てて、アドバルーンが爆発したかと思うと、金コウモリの怪人はま下の大通りめがけて、石ころのように落ちてきた。

「わっ！」

歩道を歩いていた人びとは、それを見ると、くもの子のようにとび散る。それと見るなり俊助と進は、屋上からかけおり、新日報社をとび出すと、大通りめがけてかけつけた。

見ると大通りには、金コウモリの怪人が、長くなって倒れている。そのまわりにはやじうまが、黒山のようにむらがっていたが、だれも気味悪がって、そばへ近よろうとするものはいない。

三津木俊助と進は、やじうまをかきわけ、怪人のそばへかけよると、いきなりからだ

を抱き起こしたが、そのとたん、

「ちくしょう、いっぱいくわされた」

と、いかりにふるえる俊助の声。それもむりはなかったのである。

なんと、それは綿と布でつくった人形に、どくろの仮面と、つばびろ帽子、それにだぶだぶのマントが着せてあったのだ。

「三津木さん、しかし、金コウモリの怪人は、なんだってこんないたずらをしたんでしょう」

探偵小僧にそういわれて、ハッと気がついた三津木俊助、

「しまった、探偵小僧、こい！」

と、大いそぎで編集局長室へ帰ってきたときには、晶子のすがたはすでになく、そこにはこんなことを書いた手紙がのこっていた。


晶子はおれがもらっていく。そのかわりいいことを教えてやろう。弥生はいま、恐ろしい危険におちいっているぞ。はやくいって、助けてやれ。

金コウモリより

三津木俊助どの

柚木博士

こうして金コウモリの怪人は、まんまと晶子をさらっていったが、いっぽう弥生の身には、どのような災難がふりかかっているのだろうか。それをものがたるためには、話を少しあとへもどさなければならない。

柚木真珠王がなくなってから、弥生のうちには、おじさんの柚木博士という人がはいりこんでいた。柚木博士は真珠王の弟だが、真珠王はこの人をきらって、なるべくうちへよせつけないようにしていたのだ。ところが、真珠王がなくなると、博士はそれをよいことにして、弥生のうちへはいりこんできた。弥生も、この人を好かないのだが、いまではただひとりのおじだから、追い出すわけにもいかない。

そこで弥生はこのおじと、なるべく顔をあわせないように、いつも部屋に閉じこもっていたが、するときょうになってまいこんだのがふしぎな手紙だった。

お嬢さま、あなたのおとうさまがおつくりになった、本物の真珠塔のありかを知りたかったら、今日、二時きっかりに、渋谷のセント・ニコラス教会までおいでください。表の石段の前に、黒衣の老婆がすわっていますから、その老婆に金をやれば、ありかを知らせてくれます。しかし、このことはだれにもいってはなりません。

「まあ！」

弥生はしばらく息をつめて、このふしぎな手紙を見つめていたが、そこへはいってきたのが柚木博士。博士は年ごろ四十歳くらい。鼻めがねをかけ、口ひげをぴんとはねあげ、いかにももっともらしい顔をしているが、どこかゆだんのならぬ目つきである。

「弥生、どうかしたのかい。顔色が悪いよ」

「あら、おじさま、なんでもありませんの」

弥生は、あわてて手紙をかくした。

「なにもかくさなくてもいいじゃないか。いまの手紙にかわったことでも……」

「いいえ、べつに……それよりおじさま、いま、何時ごろかしら」

「ちょうど一時だよ」

「あらあら、たいへん。あたし、ちょっと出かけなければなりませんのよ」

「出かけるって？　わたしもいっしょに……」

「いいえ、いいんですの。おじさまはむこうへいってらして……」

柚木博士を押し出すように部屋から出すと、弥生は手ばやくふしぎな手紙を、本のあいだにはさみこんだ。それから大いそぎで身じたくすると、うちからとび出していったが、するとあとから弥生の部屋へはいってきたのは、柚木博士だ。

「はてな、いまの手紙をどこへかくしたかな」

と、しばらくそこらをさがしていたが、本のあいだとは気がつくわけがない。

「まあ、いいや、どうせ行き先はわかっているんだから」

と、みょうなことをつぶやくと、弥生のあとからとび出したが、それにしても、なっとくがいかないのは、いまのことばである。行き先はわかっているというところを見ると、博士は手紙のなかみを知っているのだろうか。なににしても、怪しいのは博士のそぶりである。

それはさておき、差出人もわからぬ手紙にさそわれて、家をとび出した弥生の行動は、むちゃといえばむちゃだったが、それにはわけがあったのだ。

柚木真珠王がカトリックの信者だったことは、まえにも話したが、その真珠王がいつもおまいりするのがセント・ニコラス教会で、そこの司祭がニコラ神父だった。

しかも、去年、教会の大修理をしたときなど、真珠王がひとりで費用を受け持ったくらいだから、ひょっとするとこの教会のどこかに、真珠塔がかくしてあるのかもしれないと、弥生が考えたのもむりではなかったのである。

さて、弥生が教会の前までくると、老婆がひとりすわっていた。黒いマントと黒いずきんで、顔はよく見えないが、たしかに手紙にあった老婆にちがいない。

弥生は胸をおどらせながら、老婆のそばに近よると、千円札を一枚老婆の前に落とした。すると老婆が無言のまま、取り出したのは一枚の紙きれである。それを弥生に手わたすと、老婆はのっそり立ちあがって、片足をひきずりながら立ち去った。

弥生がその紙きれに目を落とすと、

十三番めの聖母——胸の文字盤——八時、四時、一時——

と、ただそれだけ書いてある。

それはまるで、おまじないみたいなもんくだったが、弥生はおもわずハッとした。ほかの人にはわからぬもんくも、弥生には思いあたるところがあったからだ。

柚木真珠王は死ぬ少しまえに、この教会へ十三体の聖母像を寄進したことがあった。その聖母像はいまも祭壇《さいだん》のまわりに、安置されているはずなのである。ひょっとすると、その聖母像のなかに、ほんものの真珠塔が、かくされているのではあるまいか。

弥生はいそいで、教会のなかへはいっていった。広い礼拝堂にはひとけもなく、なんとなくはだ寒いかんじがする。見ると祭壇のまわりには、十三体の聖母像が立っていた。

弥生はその像を右からかぞえて、十三番めの聖母の前に立って、胸のところを調べてみたが、すると、あった、あった。それはよほど気をつけなければわからぬような、小さな文字盤だったが、時計とおなじ目盛りになって、二本の針までついているのだ。

弥生はハッと胸をとどろかせながら、もういちどさっきのもんくを見なおした。

八時、四時、一時——8・4・1。

わかった、わかった。これこそ金庫のなかの怪文字、8・4・1の秘密なのにちがいない。

弥生は胸をドキドキさせながら、八時のところへ針をやった。それから四時、ついで一時と針をまわしたとたん、どこかでギリギリと、クサリのふれあうような音がした。

弥生がハッと目を見張っていると、ガタンとひくい音を立てながら、聖母の像がうしろへすべり出したではないか。

弥生はおもわず二、三歩うしろへとびのいたが、聖母の像は約三メートルばかりうしろにさがると、そこにぴったりとまった。

そして、そのあとにぽっかりあいているのは、まっ暗な地下道の入り口である。

「まあ!」

弥生はおもわず息をはずませた。ああやっぱりそうだったのだ。この地下道のどこかに真珠塔がかくしてあるのだ!

弥生はちょっとためらいながら、あたりを見まわしていたが、見ると祭壇の前に、ロウソクが立っている。弥生はそれを取りあげると、マッチで火をつけ、地下道のなかへもぐりこんだ。

地下道にははじめ、十五段くらいのかたい石段があり、それをおりると、こんどは横にせまいトンネルがついている。トンネルのなかはむろんまっ暗である。弥生はロウソクを片手に、そろそろと、そのトンネルを歩いていった。

あたりは墓場のようなしずけさだ。そして、海の底にでもいるような、ひえびえとした空気が膚《はだ》をさすのである。弥生はまるで、夢のなかの人物になったような気持ちで、トンネルのなかを進んでいったが、しばらくいくと、ふいにギョッとして立ちどまった。ああ、なんと、まっ暗なトンネルのはるかむこうに、糸のように細い光のひとすじが、もれているではないか。

どうやら、ドアのすきまをもれる光らしいのだ。ドアがあるとすると、このトンネルには部屋があるのだろうか。

地下のトンネルに部屋がある――

弥生は、なんともいえぬ気味悪さをかんじたが、思いきってロウソクをかき消すと、足音をしのばせ、光を目あてに暗いトンネルを進んでいった。やがて、光の近くまでくると、それはやっぱり、部屋があって、ドアのすきまからもれるあかりだった。

それでは、だれかこの部屋にいるのだろうか。

弥生はドアの前に近よると、全身の神経を耳にあつめて、部屋のなかのようすをうかがった。しかし、ドアのむこうはしーんとして、人のけはいはない。

弥生は思いきって、ドアのとってに手をかけると、そろそろそれを開いた。二センチ、三センチ、五センチ。……とつぜん、弥生はあれっと叫んでとびのくと、ひしと両手で顔をおおった。

ドアのすきまから、フワリと飛び出したのは、ああ、なんと、あの気味悪い金色のコウモリではないか。

「あっはっは、弥生さん、なにもおどろくことはない。さあさあ、こっちへはいりなさい」

そういう声にギョッとして、部屋のなかに目をやった弥生は、とつぜん、からだじゅうがしびれるような恐ろしさをかんじたのである。

部屋のなかに立っているのは、なんと、金コウモリの怪人ではないか。

「あれっ！」

と、叫んで、弥生は逃げようとしたが、そのうしろからおどりかかった金コウモリ。

「あっはっは、逃げなくてもいいじゃないか。さあ、おはいり、おまえにすこし話があるんだ」

「いやです、いやです。かんにんしてください。それでは、さっきの手紙はうそだったのですね。あなたがあたしをだましたのですね」

「あっはっは。だましたといえばだましたようなもんだが、しかし、だまされたのはおまえばかりじゃないよ。こういうわたしも、おまえのおとうさんにだまされたんだ」

「えッ、おとうさんに……？」

弥生は恐ろしさも忘れて、あいての顔を見なおした。

いつものとおり、気味の悪いどくろの仮面をかぶっているので、いったいだれだかわからないが、なんだかその声に聞きおぼえがあるような気がしたのである。

はて、いったい、だれだろう？

「そうだ、おまえのおやじにだまされたんだ。ほら、おまえも知ってるだろう、金庫のなかから出てきた記号、あれはたしか8・4・1という数字だったね。8・4・1すなわちヤヨイ……つまり、おまえの名まえなんだ」

弥生は、ギョッと息をのみこんだ。

それではあの数字は、じぶんの名をあらわしていたのか。しかし、それはなぜだろう……？

金コウモリはことばをついで、

「ところで、三つの数字を合計すると、十三という数になる。それでおれはおまえのおやじと、十三という数と関係はないかと考えた。すると、ハッと思い出したのが、この教会にある十三体の聖母像。これは、おまえのおやじが寄付したものだから、もしやと思って調べたところがあのとおり、時計の文字盤みたいなものがある。それを見つけたときのおれのよろこび。てっきり真珠塔のありかを、つきとめたと思ったのだが……」

と、そこで金コウモリは歯ぎしりすると、

「いまから思えば、それが罠《わな》だったのだな。ほんとうの真珠塔のありかから、目をくらますためにおまえのおやじが、わざとあんなものを作っておいたんだ。真珠塔はここにはない。もっと、ほかの場所にかくしてあるんだ」

「もっと、ほかの場所って……？」

「弥生さん、それをおまえに聞きたいんだ」

「えっ、あたしに……？」

「そうだ。秘密の記号がヤヨイと読めるからには、きっとおまえに関係したことにちがいない。おまえじしんは気がつかずとも、おまえの身のまわりに、ヤヨイという記号に関係したものが、あるにちがいない」

金コウモリのことばをきいて、弥生はハッと顔色を変えた。

「あっはっは、思い出したね。いったい、なんだ、ヤヨイという記号がしめしているのは」

「いいえ、知りません、知りません」

「知らない？　そんなことがあるもんか。おまえの顔にちゃんと書いてある、知っていると……。さあ、いえ。どこにかくしてあるんだ」

「いいえ、知りません、知りません。たとえ知っていたとしても、なぜあなたみたいなひとに、教えてあげなければならないの」

「なぜ、おれに教えなければならないかって？　よし、そのわけを教えてやろう」

金コウモリは、そこにある小さなタルのうえにロウソクを立てて、それに火をともした。

「おい、弥生、このタルのなかになにがはいっているか知っているか。これはダイナマイトだぞ」

「あれっ！」

弥生はまっさおになって、逃げようとしたが、うしろからおどりかかった金コウモリのためにがんじがらめにしばりあげられてしまった。

「おい、弥生、このロウソクが根もとまでもえつくせば、ダイナマイトに火がうつって、おまえのからだは木っ端みじんとなってふっとぶのだぞ。つまり、これが秘密をおれに教えてくれなければならぬわけさ。あっはっは」

床のうえにおしころがされた、弥生の顔をのぞきこみながら、あざけるように笑う金コウモリの声の恐ろしさ！

地下室の泣き声

さて、こちらは三津木俊助と、探偵小僧の御子柴進少年である。

金コウモリに教えられて、取るものも取りあえずやって来たのは柚木邸。お手伝いさんに聞くと、お嬢さんはついさきほど、お出かけになったとばかりで、いくさきはわからない。

「しまった。おそかったか。しかし、ともかく部屋を見せてください。なにか手がかりがあるかもしれない」

と、弥生の部屋を調べた俊助と探偵小僧、そこは職業だけあって、まもなく本のあいだにはさんである、無名の手紙を発見した。

「三津木さん、それじゃ弥生さんは、この手紙におびき出されて……」

「セント・ニコラス教会へいったんだな。よし、いってみよう」

ふたりはすぐにとび出したが、それにしてもふしぎなのは、金コウモリの怪人である。いっぽうで弥生をとらえながら、いっぽうで俊助に弥生をたすけてやれというのは、どういうわけだろう。

それはさておき、ふたりが教会の前へたどりついたのは、弥生におくれること約半時間。

「あっ、三津木さん、ここに小さな靴あとがついています。もしや弥生さんでは……」

「よし、この靴のあとをつけていこう」

俊助は懐中電灯を取り出すと、うす暗い教会のなかへはいっていった。靴あとは祭壇のうえまでつづいていたが、そこでふっつり消えているのである。

「おや、足あとはここで消えている」

「おい、探偵小僧、そのへんに秘密のおとし戸はないか、調べてみろ」

ふたりがむちゅうでそのへんを調べているところへ、靴の音が聞こえて来た。俊助がギクッとして懐中電灯の光をむけると、そのなかに浮かびあがったのは、黒い僧服に身をつつんだ外国人。いうまでもなく、この教会の司祭、ニコラ神父である。

「あなたはだれ？　なにをしているのですか」

さすがは長年、日本に住みなれて、おおくの信者を持っているだけあって、日本語はじょうずである。

　身のたけは二メートルあまり、鬼をもひしぐたくましさだが、おだやかな顔つきには、子供もなつく徳がそなわっている。年は六十歳前後だろうか。銀のようにひかる白髪が、うつくしいのである。

「いや、これは失礼しました。じつはこの教会にたずねるひとがありまして……」

「いったい、だれ？」

「柚木真珠王のお嬢さんの、弥生さんというひとですが……」

「ミス弥生が……ど、どうかしましたか？」

「じつはこの教会のなかから、ゆくえがわからなくなったらしいのです」

　ニコラ神父は目をまるくしていたが、ふいに両手をあげて、ふたりをおさえつけると、

「おききなさい。床に耳をあてておききなさい」

「えっ、な、なんですって？」

「わたし、さっき聞きました。地の底でだれかが泣いているような声……わたし、ふしぎに思ってここまで来ました」

　それを聞くと俊助と探偵小僧は、床のうえに腹ばいになり、耳をすましていたが、ああ、聞こえる、聞こえる。遠く、かすかに聞こえるのは、たしかに女の泣きごえである。

「神父さま、この教会には地下室があるのですか」

「いいえ、わたし、知りません。しかし、昨年、柚木真珠王がこの教会を修理しました

から……。あっ、そこにあるのはなんですか」

見ると、十三番めの聖母のしたから、ひらひらとのぞいているのは、桃色のきれではないか。

「あっ、こ、これは女の洋服のきれはしだ。そ、それじゃ、ここに抜け穴が……」

俊助と探偵小僧が、聖母像をのけようとしたが、そんなことではびくともしない。

「探偵小僧、ちょっと待て、なにかしかけがあるにちがいないよ」

俊助は注意ぶかく、聖母像を調べていたが、すぐにあの文字盤の秘密を発見した。

「あっ、わかった、わかった、この時計だ。これが8・4・1の秘密なのだ。そうだ、ひとつやってみよう」

俊助が一度、二度、三度、文字盤の針を動かすと、とつぜん、ガタンと音をたてて、聖母像がうしろにさがったが、そのとたん、女の泣き声がさっきより、よほどちかくに聞こえてきた。

「どうだ、弥生、これでもヤヨイの秘密を白状しないか」

がらんとした穴ぐらのなかの一室に、金コウモリの声が気味悪くひびいている。ロウソクはもうあますところ二センチばかり。ロウソクのしずくがポタポタと、タルのうえに流れるたびに、弥生は身がすくむばかりの恐ろしさである。これこそいのちをきざむ、悪魔の時計なのだ。

「いやです、いやです。あたしこのまま死んでもいいわ。だれが……だれが、おまえなんかに話してやるもんか」

「それじゃ、このままダイナマイトが爆発してもいいというのか」

「いいわ、しかたがないわ。そのかわりおまえもいっしょに死んでおしまい」

「あっはっは、ばかなことをいっちゃいけない。おれが死んでたまるもんか。いよいよおまえが白状せぬとあれば、おれはこのまま出ていくまでだ。そして、真珠塔のありかは、きっとじぶんでさがして見せる」

金コウモリはやおら立ちあがると、

「おい、弥生、これがさいごだ。もう一度きくが、ヤヨイの秘密とはなんのことだ」

気味の悪いどくろ仮面のうしろから、恐ろしい目が光っている。しかし、弥生はもうかくごをきめていた。

「知りません、知りません。だれがおまえなんかに話すもんですか」

「ようし、よくもいったな。見ろ、このロウソクを。……もう、あと三分とは持つまいよ。しかし、それだけの時間があれば、おれがこの教会から出ていくにはじゅうぶんだ。弥生、せいぜい神様にお祈りでもしておけ。あっはっはっは！」

いじの悪い笑い声をあとにのこして、金コウモリの怪人は、ドアをひらいて一歩外へふみ出したが、そのとたん、

「わっ！」

と、おどろきの声をあげると、もんどりうって床のうえに、たたきつけられた。

おどろいたのは弥生である。何ごとが起こったのかと頭をあげると、そのとき、どやどやとはいってきたのは三津木俊助と御子柴進、それにニコラ神父もいっしょだった。

俊助は起きあがろうとする金コウモリのうえに、すばやく馬乗りになると、

「ああ、きみは弥生さんだね。ぼくは三津木俊助だ。われわれがやってきたからにはもう心配はない。おい、探偵小僧、はやく弥生さんのナワを解いてあげなさい」

「いいえ、いいえ、あたしよりロウソクを吹き消して。はやく、はやく!」

気がくるったような弥生のことばに、進はあわててロウソクを消したが、それはじつにあぶないせとぎわだった。

もう一しゅん、ロウソクを消すのがおくれたら、ダイナマイトに火がうつり、一同は木っ端みじんになってふっとんだことだろう。

そのあいだに、ニコラ神父が、すばやく弥生のナワを解いた。

俊助はぐったりしている金コウモリの怪人をひっぱり起こすと、

「あっはっは、とうとうつかまえたぞ、金コウモリの怪人を。……どんな顔をしているのか、ひとつ見てやろう」

と、どくろの仮面をはぎとったが、弥生はひとめその顔を見て、

「あっ、あなたはおじさま!」

と、まっさおになったのもむりはない。なんとそれは、柚木博士ではないか。

「な、な、なんだって？　そ、それじゃこれはきみのおじさんなの」

「そうです。このひとはおじの柚木博士です。それじゃ、金コウモリの怪人はおじさまだったの」

三津木俊助にぶんなぐられて、さっきの元気はどこへやら、柚木博士はすっかりしょげていたが、弥生のことばをきくと、あわてて首を左右にふった。

「ちがう、ちがう！　わしはそんな恐ろしいものじゃない。弥生をおどかしてやろうと、ちょっと金コウモリのまねをしていたのじゃ」

「そして、あたしをダイナマイトで殺そうとしたのね。ああ、わかったわ。おじさまは金コウモリではないかもしれないけど、金コウモリとおなじように、真珠塔をねらっているのね」

金コウモリの怪人が、あまりやすやすとつかまったので、ちょっと変だと思っていたら、やっぱりこれは金コウモリではないらしいので、俊助はちょっとがっかりした。それと同時に、いくらかゆだんもあったのである。

「柚木博士、とにかくいっしょに来たまえ」

かるく手をとろうとしたときだった。ガアンとばかり柚木博士の一撃が、俊助のあごへとんだかと思うと、

「あっ、な、なにをする！」

よろめきながら俊助が、叫んだときはおそかったのだ。身をひるがえした柚木博士が、

駆けよったのはいっぽうの壁、ぴたりとそこに吸いついたかと思うと、あっというまもなかった。壁の一部分がくるりと回転したかと思うと、博士のすがたは消えてしまったのである。

8・4・1の秘密

「しまった!」

俊助はあわててあとを追いかけたが、どういうしかけになっているのか、壁はびくとも動かない。

「あっはっは、ざまあ見ろ。おまえたち、この地下道でくたばってしまえ!」

あざけるような一言をのこして、柚木博士の足音は、しだいに遠くなっていった。

「ちくしょう、ちくしょう、待て!」

俊助はじだんだふんでくやしがったが、そばからニコラ神父がなぐさめるように、

「三津木さん、ここにこうしていてもしかたがない。とにかくはやく外へ出ましょう」

「そうだ。そして一刻もはやくあいつをつかまえなきゃ……」

そこで一同は連れだって、トンネルを通って、出口の石段のところまできたが、先頭に立ってその石段をのぼっていったニコラ神父が、とつぜんびっくりしたように、

「あっ、しまった! 出口がしまっている!」

「なに、出口がしまっている……?」

俊助が懐中電灯で調べてみると、なるほどあつい鉄板が、ピタリと出口の天井をふさいでいるではないか。

おどろいた俊助と進は、それを押したりたたいたり、なんとか開こうとしたが、あつい鉄板はびくともしない。

「まあ、どうしましょう。それじゃ、あたしたちここから出られないの」

弥生はまっさおになったが、ニコラ神父がそれをなぐさめるように、

「なに、心配することはありません。朝になったら掃除の人が、うえの祭壇を掃除にきます。そのときここから声をかけて、聖母像の動かし方を教えてやり、なんとかして、この鉄板を開いてもらえばよろしい」

「神父さま、それじゃ朝までこんなところで、しんぼうしなければなりませんの」

弥生は、いかにも心ぼそそうである。

「この鉄板が開かないとすれば、神父さまのおっしゃるとおり、朝まで待つよりしかたがないが……御子柴くん、もう一度やってみよう。神父さまも手をかしてください」

そこで、三人力をあわせてもう一度、頭のうえの鉄板を、押したりたたいたりしていたが、やっぱりびくともしないのだ。

俊助はあきらめて石段に腰をおろすと、

「さあ、みんなもここへ腰をおろしなさい。朝まで待つとすると、立ってはいられない

よ。それに懐中電灯も朝までもたないからね」

　俊助が懐中電灯を消したので、あたりはまっ暗になった。弥生はいまさらのように心ぼそさが身にしみて、しくしく泣いている。俊助はなぐさめて、

「弥生さん、泣くのはおやめ、それより柚木博士はさっき、弥生さんをどうしようとしたの」

「ああ、あのこと！　三津木先生、8・4・1の秘密がとけましたのよ」

「なに、8・4・1の秘密がとけたって？」

「そうなんです。8・4・1というのは、ヤヨイという意味にちがいないというんです。だからあたしの名に関係したなにかが、どこかにあるだろう、それをいえというんです」

「あっ、そ、それで弥生さんはなにか心あたりがあるの？」

「ええ、あるんです。おじさまにはいいませんでしたけれど、じつは……」

と、いいかけて弥生はためらった。俊助は、それをはげますように、

「なに、だいじょうぶ。ここにいるのは味方ばかりだから。それで、ヤヨイというのは……？」

「おとうさまはこの春、向島《むこうじま》に一軒の家をたてましたの。そして、それを弥生荘と名づけたんです。このことはだれにもないしょにしていたんですが、ひょっとすると、真珠塔はそこにかくしてあるんじゃないでしょうか。その家には、大きな時計塔があります

の」

「そ、それだ！　それこそほんものの8・4・1の秘密にちがいない！」

ああ、こうして8・4・1の秘密はとけた。俊助はこおどりしてよろこんだが、そのとき、とつぜん進が、

「あっ、三津木さん、あの音はなんでしょう」

「な、なに、なんの音……？」

「ほら、あのごうごうという音！」

「ええっ？」

一同が暗闇《くらやみ》のなかで、ハッと耳をすましていると、なるほど地下道の空気をふるわして、ごうごうというひびきが、しだいにこちらへ近づいてくるではないか。

俊助は石段を五、六段かけおりると、懐中電灯の光をトンネルにさしむけたが、そのとたん、髪の毛がまっ白になるような恐ろしさをかんじたのである。

なんとトンネルのむこうから、にごった水が、つなみのようにアワだちながら、こちらへ押しよせてくるではないか。

「あっ、しまった。水だ！　水だ！　ちくしょう。柚木博士のやつ、われわれをここへとじこめて、水攻めにしようというのだ！」

俊助はいまさらのように、柚木博士の恐ろしい悪だくみに気がついたが、しかし、いまとなってはもうおそい。まっ黒に濁った水が、ごうごうとアワを立てながら、トンネ

ルのむこうから押しよせてくる。そして、またたくまに階段のしたのほうから、水びたしにしていくのである。

「あっ、三津木先生、それじゃ、あたしたちここで、水攻めになって死んでしまうの。いやよ、いやよ、あたし死ぬのいや!」

弥生は恐怖におののきながら、死にものぐるいの声をあげた。

「だいじょうぶ。死にゃしない。きっとたすかる。ちくしょう、きっとどこかにたすかるみちがあるにちがいないんだ」

俊助は階段のとちゅうに立って、血走った目でトンネルのなかを見ていたが、悪魔の水は恐ろしい勢いでふえていくばかり。俊助はもう階段に立っていられなくなって、一同のところへあがってきた。そして、

「御子柴くん、ニコラ先生、力をかしてください。もう一度、天井のおとし戸を……」

そういって、三人は死にものぐるいで天井の、おとし戸を開こうとしたが、なんどやっても同じこと、押せどもつけども、厚い鉄のおとし戸はびくともしない。

しかも濁流《だくりゅう》は刻々として、階段をはいのぼってくる。もう五、六段も水位がたかまればいま一同の立っている土間まで、水がやってくることだろう。そして、それからさらに水位がたかまれば、一同は逃げるみちもなく、濁流にのまれて死んでしまうにきまっている。

「ああ、先生、三津木先生……」

弥生はもう気がとおくなりそうだった。そのとき、なにを思ったのかニコラ神父が、

「みなさん、ここにいてください。わたしがちょっと水のようすを見てきましょう」

と、階段をおりかけたから、おどろいたのは三津木俊助と探偵小僧の御子柴少年だ。

「神父さま、およしなさい。あぶないから」

と、あわててとめたが、ニコラ神父はやさしく笑って、

「いいえ、だいじょうぶ。わたしには神様がついていてくださいます。心配はいりません」

と、二、三段おりていったが、どうしたはずみか、足をすべらしたからたまらない。

「あっ！　神父さま！」

と、三津木俊助と進が、あわててかけよったときにはニコラ神父はもんどりうって、濁流のなかへころげ落ちていった。

「あっ、いけない、神父さま！」

俊助があわてて照らす懐中電灯の光のなかに、一しゅん神父のすがたが見えたが、つぎのしゅんかん水にのまれて……どうやら、トンネルのなかへひきこまれていくらしい。

「三津木さん、ぼく、さがしてきます」

勇かんなのは進である。すばやく上着をぬぎ捨てると、ざぶんと水にとびこんだ。

そして、たくみに抜き手をきりながら、まっ暗なトンネルのなかへ泳いでいくと、

「神父さま、神父さま」

と、声をかけたが、どこからも返事はなく、ごうごうと渦巻《うずま》く水の音にまじって、じぶんの声がただいたずらに、こだまとなってかえってくるばかり。

「神父さま……神父さ……」

進はもう一度、声をかけようとしたが、なにを思ったのか、きゅうにギョッと息をのみこんだ。

ああ、なんということだ。水面からトンネルの天井までは、もう一メートルもないのだが、そのあいだを怪しい金コウモリが、一ぴき、二ひき、三びき、鬼火のような光をはなって、ヒラヒラと飛んでいるではないか。

ニコラ神父のゆくえ

「御子柴くん、どうした。ニコラ神父は……?」

「神父さまのすがたは見えません。そのかわり、三津木さん、金コウモリがとんでいるんです。トンネルのなかを金コウモリが……」

「な、なに、トンネルのなかを金コウモリが……?」

俊助はおもわずいきをのみこんだ。

それではいまじぶんたちを、このような恐ろしい罠《わな》におとしいれた柚木博士が、やっぱりほんものの金コウモリの怪人なのだろうか。

「そうだわ、そうだわ。おじさまが金コウモリの怪人なんだわ。そして、おとうさまのお作りになった真珠塔をねらっているんだわ」

「ちくしょう、ちくしょう。このおとし戸め」

俊助はまたやっきとなって、天井のおとし戸をたたいた。そのおとし戸さえ開いてくれれば、たちどころに、金コウモリの怪人を、つかまえることができるのに……。

「三津木さん、神父さまはどうしましょう」

「どうするって、御子柴くん、これを見たまえ」

そういいながら俊助は、懐中電灯の光を階段のほうへむけたが、そのとたん、弥生はまっさおになってしまった。

ああ、なんということだろう。階段はもうすっかり水にのまれて、恐ろしい悪魔の水は、いまや三人の足もとまで押しよせているのである。

「もうこうなったら神父さまを、さがしにいくこともできないよ。お気のどくだが神父さまは、トンネルのなかで……」

おぼれて死んでしまわれたろうといいかけて、さすがに俊助は口をつぐんだ。しかし、弥生はそれを察して、

「そして、そのつぎにはあたしたちが死ぬのね。ネズミのように水におぼれて……」

弥生はすすり泣きをしている。

俊助はなんとかいって、なぐさめようとしたが、なぐさめることばも見つからない。

恐ろしい悪魔の水はどんどんふえて、みるみるうちに一同の、くるぶしからひざ、ひざから腰へはいのぼってくるのだ。

「弥生さん、御子柴くん」

「はい」

「三人しっかりつかまっていよう。死なばもろともだ。あっはっは、しかし、さいごまで希望をうしなっちゃいけないぜ。勇気を出して……」

しかし、希望をうしなってはならぬといわれても、どうして希望が持てるだろうか。水ははや胸から肩のへんまでのぼってきて、いちばん小さい弥生は、どうかするとふらふらと、水にのまれてしまいそうである。

「弥生さん、しっかりして！」

「三津木先生……御子柴さん……あたし、もう、だめだわ……」

すすり泣くような声をのこして、弥生は俊助の胸に抱かれたまま、ぐったりと気をうしなってしまった。

「かわいそうに。しかし、気をうしなっていたほうがいいかもしれん。御子柴くん、御子柴くん！」

「は、はい、ぼくはここにいます」

「そうか。よし、さあ、しっかり手をにぎっていよう。なあに、負けるものか。金コウモリなんかに負けるもんか。きっとたすかる。きっとたすかるから、気をたしかに持っているんだぞ」

「はい、ぼくはだいじょうぶです」

　こうして三人はずいぶんながいあいだ、恐ろしい悪魔の水のなかに立っていた。

　俊助が懐中電灯をぬらさぬように、帽子のなかへいれてしまったので、あたりはうるしでぬりつぶしたようにまっ暗だ。さっきまで聞こえていた、あのごうごうという水の音もまったく消えて、いまはもう墓場のような静けさ！

　進は肩のへんまで水びたしになり、あやうく気をうしないそうになっていたが、するとつぜん、耳のそばで俊助が、大声に叫ぶのが聞こえた。

「御子柴くん、御子柴くん、ちょっと弥生さんを抱いてくれたまえ」

「三津木さん、ど、どうかしましたか」

「さっきからずいぶんたつのに、水はちっともふえてこない。ぎゃくに引いていくような気がするんだ。ちょっと調べてみよう」

　俊助は帽子のなかから懐中電灯をとり出すと、いそいであたりを見まわしたが、なんとあの恐ろしい悪魔の水は、すこしずつ引いていくではないか。

「ああ、水が引いていく。水が引いていく！」

　進はあまりのうれしさに、くるったように叫んだが、それもむりではなかった。

　さっき胸のへんまできていた水が、いまでは腰まで引いて、しかもなお、みるみるうちに、どんどんへっていくではないか。

「ああ、たすかった、たすかった。三津木さん、ぼくたちはたすかったんですね。弥生さん、弥生さん、たすかったよ。しっかりしたまえ」

しかし、弥生は気をうしなったまま、まだぐったりと進の胸にもたれている。

「まあ、いい、もうすこしこのままにしていよう。たすかることがはっきりするまではね」

しかし、たすかるらしいことは、いよいよはっきりしてきた。

いちど引きはじめた水は、しだいに速度をまして、胸から腰、腰からひざへと、小きみよいほどどんどんへっていく。そして、やがて、土間の床が見えはじめたかと思うと、滝のように音をたてて、水が階段を流れおちていった。

「ああ、もうだいじょうぶだ。そのうちにトンネルの水も引くにちがいない」

俊助のことばのとおり、水は五十センチ、一メートルとへっていって、いったん水中にかくれていた階段が、しだいに水面にあらわれてきた。

「三津木さん、ひょっとするとニコラ神父が、どこからか抜け出して、ぼくたちをたすけてくれたのではないでしょうか」

「そうかもしれない。とにかく、もうすこし水のひくのを待って、トンネルのなかを調べてみることにしよう」

しばらく待っているうちに、トンネルのうえのほうから見えはじめたかと思うと、またたくうちに地面から、一、二メートルのところまで減水した。

「よし、御子柴くん、いってみよう。階段がぬれてるから気をつけたまえ」

「はい」

進が用心ぶかく、階段をおりていくうしろから、俊助も弥生を抱いてついていく。

階段をおりると、水はもうひざのところまでしかない。しかもなお、渦をまいてどんどん引いていくのだ。

三津木俊助と進は、用心ぶかく、この水のなかを歩いていったが、とつぜん、さきに立った進がギョッとしたように立ちどまった。

「あっ、三津木さん、だれかやってくる！」

「なに、だれか来る？……」

俊助もギョッとしたように立ちどまると、あわてて懐中電灯を消したが、なるほど、暗闇のなかから聞こえてくるのは、バチャバチャと水のはねる音。しかも、その水音はしだいにこちらへ近づいてくる。

「だれか！」

俊助がたまりかねて声をかけると、水の音はぴったりやんで、あいてもこちらのようすをうかがっているらしい。

「だれだ、そこにいるのは……？」

俊助がもういちど声をかけると、

「おお、そういう声は三津木くんではないか」

意外にもあいては、俊助の名をよんだ。

「そうだ。ぼくはいかにも三津木俊助だが、そういうきみは……？」

「ぼくだよ。ほら、きみをたすけにきたのだ」

そういいながらパチャパチャと、水を鳴らして走ってきたのは、なんと等々力警部ではないか。

「あっ、警部さん、どうしてここへ……」

「その話はあとでしよう。とにかくここから出よう。おお、探偵小僧や弥生さんもいっしょだな。さあ、こっちへきたまえ」

等々力警部はいまきたほうへひきかえした。俊助と進がそのあとからついていくと、トンネルのいきどまりに、鉄ばしごが垂直についていた。

「さあ、このはしごをのぼるのだ」

鉄ばしごのてっぺんには、まるい穴があいていた。その穴から外へはい出して、あたりを見まわした三津木俊助と進は、おもわず目をまるくした。

なんとそこはセント・ニコラス教会の裏庭にある、大きな池のなかではないか。

時計塔の怪

セント・ニコラス教会の裏庭には、コンクリートでかためた、まるい大きな池があり、池の中央には、女神の像が立っているが、三人がはい出したのは、その女神の像の足もとにある、まるい穴だった。

あたりを見ると、日はもうとっぷりと暮れて、空には星がきらきらかがやいている。

「ああ、それじゃさっきの水は、この池から流れこんだのか」

なるほど、大きな池はすっかり水がひあがって、からっぽになっているのだ。

「そうなんだ。ぼくは弥生さんをたずねていったんだが、きみたちがここへ来ているというので、あとを追っかけてきたんだ。ところがきみたちのすがたはどこにも見えないで、この水がどんどんへっている」

そこで警部がふしぎに思って、池をのぞいているところへ、だしぬけに女神の足もとから、とび出してきたのが黒い影。

「だれだ!」

警部はおどろいてとがめたが、そのとたんあいてはすばやくおどりかかって、ガアンと一発、警部のあごにくらわせた。

ふいをくらってはたまらない。警部があっとよろめくすきに、あいては身をひるがえして、闇《やみ》のなかに消えてしまった。

警部もあとを追おうとしたが、それよりも気になるのは俊助たちのこと。ひょっとするとこの穴のなかにとらえられて、水攻めになっているのではあるまいか……。

そこで、警部はなんとかして、水を抜く方法はないものかと、女神の像を調べているうちに気がついたのは両腕が動くことである。

そこで警部はまず右腕を動かしてみたが、するとよいよいよはげしく、穴のなかへ落ちていく。警部はあわてて右手をとめると、こんどは左手を動かしたが、すると穴のなかにたまっている水が、しだいに引いていったのである。

「そこでぼくは、なかへはいっていったんだが、すると、はたしてきみたちがいたというわけだ」

「ありがとうございました。おかげでぼくたちたすかりました。しかし、警部さん、この穴からとび出したのはどんなやつでしたか」

「さあ、それがね。なにしろこのとおりの暗がりだろう。それにとっさのことだったし……。しかし、そいつもきみたちと同じように、全身ずぶぬれになっていたようだよ」

等々力警部の話をきいて、俊助はふしぎそうに進と顔を見合わせたが、それにしてもいったいこれは、だれだったのだろう。


それはさておき、こちらは向島《むこうじま》、隅田川《すみだがわ》のほとりにふしぎな家が建っている。

それは二階建ての洋館だったが、その洋館の屋上には、直径五メートルもあろうという、大きな時計をはめこんだ時計塔が立っているのだった。

しかも、この時計はたいへんおもしろいしかけになっていて、一時間ごとに、文字盤のうえにある観音びらきの扉《とびら》が、さっと左右にひらく。なかからお姫さまのようなすがたたをした、西洋人形があらわれて、時間のかずだけ鐘をたたくのである。

「ずいぶんかわった時計だが、あれはよほどうまく、できているにちがいないぜ。いままでいちども狂ったことがないからね」

近所の人は感心していたが、その時計が今夜にかぎって狂っていた。

時間はもうかれこれ十時だというのに、だしぬけに時計の針がギリギリと、動き出したかと思うと、八時をしめしたのだ。そして、例によって西洋人形が、カンカンと八つ鐘をうつのである。

ところが、その鐘の音もおわらぬうちに、時計の針はまたもやギリギリと動き出し、四時と一時をしめした。

「おやおや、これはどうしたんだろう。だれかがいたずらしているのかしら」

隅田川をいく船頭が、びっくりしたように時計塔を見ていると、だれやら西洋人形のうしろから、のそのそとはい出してきたではないか。船頭はびっくりしたようにそのすがたを見ていたが、とつぜん、

「わっ、金コウモリだ！」

と、叫んで、まっさおになった。

ちょうどそのころ、隅田川の下流から一そうのランチがのぼってきた。乗っているのはいうまでもなく、三津木俊助に等々力警部、それから探偵小僧の御子柴少年である。

三人はひとまず弥生を、もよりの交番へあずけて、取るものも取りあえず、弥生荘をたずねてやってきたのだった。

「あ、警部さん、あそこに時計塔が見えます。あれが弥生荘にちがいない！」

「よし、大いそぎだ。操縦士さん、たのむぞ」

ランチは速力をはやめて、しだいに弥生荘に近づいていく。進はわきめもふらず、時計塔をにらんでいたが、とつぜん、ギョッとしたように叫んだ。

「あっ、三津木さん、あの時計塔の人形のそばに立っているのは、金コウモリの怪人ではありませんか」

「な、なに、金コウモリの怪人……だって」

俊助と等々力警部がおどろいて、時計塔を見なおすと、なるほど、あの西洋のお姫様人形のそばに立っているのは、まぎれもなく金コウモリの怪人である。

「ちくしょう。それではさっき地下道で、弥生さんが話をするのを、どこかにかくれて、聞いていたのにちがいない」

一同がひとみをこらして見ていると、金コウモリの怪人は、ジリジリと西洋人形のそばへはいよりやがて、そのふところをさぐりはじめた。

「あっ、それじゃあの人形のふところに、真珠塔の秘密がかくされているのにちがいない。ちくしょう、それをとられてたまるもんか」

俊助はデッキのうえで、じだんだふんでくやしがったが、ちょうどそのとき、ランチは弥生荘のしたにたどりついた。

俊助はそれを待ちかねて、ひらりと岸へとびあがると、

「警部さん、あなたはそこから金コウモリの怪人を見はっていてください。ぼくはあいつをつかまえてきます」

と、大いそぎで塀《へい》をのりこえ、時計塔のしたまでかけよると、うまいぐあいに、そこにはいちめんにツタがしげって、そのつるが網の目のように、時計塔にからみついているのである。

俊助はぐいぐいそのつるをひっぱって、強さをためしていたが、だいじょうぶと見ると、それに手をかけ、するするとサルのようにのぼっていった。

これを見ておどろいたのは、塔上の金コウモリである。大あわてにあわてて、人形のふところをさぐっていたが、やがて、

「あった、あった！」

と叫びながら取り出したのは、高さ五センチばかりの黄金の女神像。

「ああ、この黄金像のなかに、真珠塔の秘密がかくされているのにちがいない」

と、大よろこびでそれをポケットにねじこむと、いそいでもとの観音びらきの扉のおくへ、かけこもうとしたが、そのとき、どうしたはずみか、足をすべらせたからたまらない。

せまい金属板のうえで、ばったり倒れたかと思うと、つぎのしゅんかん、もんどりう

って川のなかへ……。

「あっ！」

ランチから見ていた等々力警部と進は、てっきり落ちたと思った。

ところが、そのしゅんかん、むちゅうでのばした金コウモリの片腕が、一時をさしている時計の短針につかまったのだ。

「あっ！」

等々力警部と進は二度びっくり、いまや金コウモリの怪人は、直径五メートルもあろうという、大時計の文字盤のうえに、クモのようにぶらさがったのである。

金コウモリの怪人も、あっときもをひやした。

あやうく川のなかへ落ちることはまぬかれたものの、ただ一本の時計の針にぶらさがって、ちゅうぶらりんの大曲芸、手に汗をにぎる見せものとは、まさにこのことだろう。

しかも、時計塔のしたからは、俊助がツタをつたって、しだいにのぼってくるのだ。

金コウモリの怪人は、必死となってもういちど時計の上へはいあがろうとする。しかし、なにしろ、鏡のようにすべすべとした文字盤のこと、どこにも足がかりになるようなものはない。ただバタバタと両足をもがくばかり。しかも、あまりもがくと、やっと身をささえている時計の針がメリメリと、いまにももげ取れそうな音を立てるのである。

ああ、その針がもげ落ちたら、金コウモリの怪人も、もんどりうって、時計塔から落ちてしまわなければならない。

さすがの金コウモリの怪人も、いまやぜったいぜつめい。あの気味の悪いどくろ仮面のしたから、滝のような汗がながれた。時計の針をにぎった両手が、ぬるぬると汗ですべって、ともすればずり落ちそうになる。

しかも、したを見ると俊助が、いまや塔をのぼって、時計の文字盤にとりついた。時計の針は、いま一時二十五分をしめしている。俊助は二十五分をさしている、長針のさきにとりついた。

金コウモリの怪人は、それに気がつくと、必死となってもがいている。両手でしっかり針をにぎりエビのようにからだをおりまげて、足をうえへもっていくのである。

三十センチ、二十センチ、十センチ、……もうあとすこしで靴《くつ》のさきが、針の根もとにとどきそうになった。だが、そのとたん、すべすべとした文字盤のうえで、つるりと靴がすべったからたまらない。金コウモリの怪人は、ふたたび、ぶらんとぶらさがった。

いっぽう三津木俊助は長針のうえに馬乗りになると、しだいに針の根もとのほうへ進んでいく。

それを見て、手に汗にぎったのはランチのうえの等々力警部と進だ。川のうえにはいっぱい舟がむらがって、このすばらしい大曲芸を見ている。

「三津木くん、よしたまえ。そいつはほうっておいても、いまにしたへ落ちてくる。あぶないから、それ以上ちかよるのはよしたまえ」

等々力警部が声をからして叫んだ。俊助もそれを聞くと、長針のとちゅうで進むのをやめた。

「おい、金コウモリ、いま、人形のふところから取り出したものをこちらへわたせ。そうすれば、おまえのいのちはたすけてやる」

さすがの金コウモリの怪人も、いまやぜったいぜつめいである。腕はしだいにしびれてくる。

このすべすべとした文字盤から、はいあがる方法はない。さすがの怪人もあきらめたのか、ポケットから黄金の女神像をとりだした。

「よし、それをこちらへわたせ」

金コウモリの怪人は無言のまま、俊助のほうへ黄金の女神像をさしだしたが、そのときである。

さっきから、心配そうに川のあちこちをながめていた進が、アッと叫んで、等々力警部の腕をつかんだ。

「御子柴くん、どうした、どうした」

「警部さん、あ、あれ！」

と、進のことばもおわらぬうちに、ダ、ダ、ダ、ダ、ダと、すさまじいエンジンの音をひびかせて、上手からくだってきた一そうのモーターボート。

全速力で時計塔のしたを走りすぎると見たしゅんかん、ボートのなかから、すっくと頭をもちあげたのは、なんと、これまた金コウモリの怪人ではないか。

「あっ！」

等々力警部がおもわずいきをのんだとき、ボートのなかの金コウモリの怪人が取り出したのは、一ちょうの拳銃《けんじゅう》。時計塔めがけて、きっとねらいをさだめたから、おどろいたのは等々力警部と進である。

「あぶない！　三津木くん、気をつけろ！」

等々力警部が叫んだときは、おそかったのだ。時計塔めがけてズドンと一発。そのままモーターボートは、流星のように、下流の闇へすべっていった。

「しまった！」

と、叫んだ等々力警部が時計塔のほうへ目をやると、

「あーあっ」

と、夜空をつらぬく悲鳴をあげて、金コウモリの怪人が、まっさかさまに川のなかへ落ちてきたが、そのとき手にしていた黄金の女神像が、闇のなかへカーブをえがいて、遠くのほうへとんだのを、だれひとりとして気がついたものはなかったのである。

追跡

それにしても、なんというみごとな腕まえだろう。全速力でかけぬけるモーターボートのなかから、ズドンと一発、金コウモリのはなった一弾は、みごと時計塔の金コウモ

リに命中したのだ。

「あーあっ!」

と、悲鳴をのこして水に落ちこむ金コウモリのすがたを見て、等々力警部も進も、しばらくはぼうぜんとしていた。

時計塔のも金コウモリ、モーターボートにも金コウモリ。いまうたれて、川のなかへ落ちたのが、ほんものの金コウモリか、それとも時計塔の金コウモリをうちおとして、全速力で逃げ出した、モーターボートの金コウモリがほんものか……。

あまりのことに等々力警部が、ぼうぜんとしているところへ、時計塔から俊助の声が聞こえてきた。

「警部さん、なにをぐずぐずしているんです。はやくさっきのモーターボートを追っかけてください」

その声に、ハッとわれにかえった等々力警部。

「おお、それじゃ、三津木くん、あとのことはたのんだぞ。それ、操縦士、さっきのモーターボートを追っかけるんだ」

命令いっ下、ランチはすさまじいうなりを立てて下流へむかってばくしんしていく。

夜はもうすっかりふけて、川のうえはまっ暗である。そのなかを、等々力警部と進をのせたランチが、サーチライトを照らしながら、くるったように走っていく。両岸の家々の灯が流星のようにうしろにとんで、ランチのへさきのあげるしぶきが、滝のように左右に散る。

やがて、千メートルもくだったところで、とつぜん、進がけたたましい叫び声をあげた。

「あっ、警部さん、あそこへモーターボートが走っていきます」

なるほど、見ればサーチライトに照らしだされた川のうえに、一そうのモーターボートが矢のように走っていくのだ。しかもハンドルをにぎっているうしろすがたは、まぎれもなく金コウモリの怪人である。

「しめた！」

と、等々力警部はきっと前方をにらみながら、

「おい、操縦士、もっとスピードが出ないのか」

「警部さん、それはむりですよ。これ以上スピードを出したら、エンジンが爆発してしまいます」

「爆発してもかまわん。もっとスピードを出してみろ！」

「そ、そんなむちゃな！」

ランチとモーターボートでは、それだけスピードがちがう。いったん、サーチライトの光でつかまえたものの、ともすれば、モーターボートは闇のなかへすべり出ようとするのである。

等々力警部はじだんだふんでくやしがったが、ちょうどそのとき、警部にとって、た

いへんつごうのよいことが起こった。

下流のほうからのぼってきた砂利舟《じゃり》が、モーターボートのゆくてをさえぎったのだ。しかも、その砂利舟は一そうではなく、五、六そう綱でつながれていて、右に左にと稲《いな》妻《ずま》がたに、ゆっくり川をのぼってくるのだから、いやでもモーターボートは、スピードをおとさなければならない。

それを見てよろこんだのは等々力警部。

「しめた！　うまいぐあいにじゃまものがあらわれたぞ。いまのうちだ。操縦士、たのんだぞ」

ランチはしだいにモーターボートに接近していく。やがて、そのあいだ数十メートル。と、このときだった。モーターボートのうえでくるりとこちらをふりかえった金コウモリが、きっと銃をかまえたかと思うと、ズドンと一発。

「あっ、あぶない、警部さん！」

進と等々力警部が、ハッとデッキに身をふせたとき、弾丸は等々力警部の耳もとをかすめて水のなかへ落ちた。

「わっ、これはいけない。警部さん、これじゃうっかりそばへ近よれませんぜ」

操縦士はおじけづいたか、ぴたりとランチをとめてしまった。

「おい、とめちゃいかん。前進しろ！」

「だって、警部さん、そばへよったらズドンですもの。くわばら、くわばら！」

警部がどんなにおどしてもすかしても、操縦士は前進しようとはしないのだ。それもむりはない。むこうを見れば金コウモリの怪人が、モーターボートのなかにすっくと立って、よらばうたんという身がまえである。

「ちくしょう、ちくしょう！」

等々力警部はじだんだふんでくやしがったが、そのとき、やっと砂利舟が、モーターボートのそばをすりぬけた。それと見るや金コウモリの怪人は、また矢のように走っていく。

等々力警部をのせたランチも、よたよたとそのあとを追っていった。

こうして二そうの舟が、隅田川のさいごの橋をくぐりぬけて、佃島《つくだじま》のへんまできたときだった。またしても、警部にとってつごうのよいことが起こった。

モーターボートの行く手から、ふいにサーチライトの光がひらめいたかと思うと、一そうのランチがとび出してきたのだ。

「あっ、水上署のランチだ」

「警部さん、きっと三津木さんが電話をかけてくれたんですよ」

「うん、そうかもしれん。こうなったらはさみうちだ」

水上署のランチは、わざと稲妻がたにうねりながら、しだいにこっちへ近づいてくる。モーターボートをのがさぬ用心だ。うしろからは等々力警部をのせたランチが、これまた稲妻がたに川をぬって近づいていく。

いまやモーターボートはふくろのねずみもおなじ、さすがの金コウモリもかんねんしたのか、だんだんスピードを落とした。

「しめた！　こうなったらこっちのものだ」

等々力警部は小おどりせんばかりによろこんだ。

やがて、水上署のランチが照らすサーチライトに、くっきり浮かびあがったところを見ると、金コウモリの怪人は、すでにかくごをきめたのか、ハンドルのうえに背中をまるくして、かがみこんでいる。

やがて、そのそばへぴったりと水上署のランチがとまると、警官がモーターボートにとびうつった。

「あっ！　あぶない、気をつけろ。そいつは飛び道具を持っているぞ！」

警部は大声で叫んだが川風のために聞こえなかったのか、警官は金コウモリの肩に手をかけぐいとそれを抱き起こしたが、そのとたん、

「あ、こ、これは……」

と、叫ぶと、金コウモリのからだをさしあげ、かるがるとふりまわしたから、おどろいたのは等々力警部である。

「ど、どうしたんだ？」

と、叫びながら水を切って近よると、

「警部さん、やられました。まんまといっぱい金コウモリにくわされました」

と、そういいながら、どさりとこちらへ投げてよこしたのを見て、等々力警部も進もおもわずあっと目をまるくせずにはいられなかった。

なんと、それは金コウモリのすがたこそしているものの、綿でつくった人形ではないか。

「しまった！　それじゃさっき砂利舟が、あいだへわりこんできたすきに、金コウモリのやつ、川のなかへとびこんだんだ」

と、いまさら気がついてもあとのまつり。警部はじだんだふんでくやしがっていたが、そこへ上手のほうから、モーターボートを走らせて、かけつけてきたのは俊助である。

「警部さん、金コウモリの怪人は……」

「ああ、三津木くん、残念ながら取りにがした。ときに、あっちのほうの金コウモリは……？」

「警部さん、ごらんください。みごとに心臓をつらぬかれているのです」

「そ、そして、そいつはいったいだれだ」

「柚木博士ですよ。しかし、警部さん、これはほんものの、金コウモリじゃないのです。金コウモリに化けて、真珠塔を横どりしようとしていたんです。金コウモリの怪人はほかにおります。いま柚木博士を殺して逃げたやつがそうなんです」

三津木俊助はそういいながら、残念そうに暗い川のうえを見まわした。

怪しい三人

柚木博士は殺された。しかし、その柚木博士はほんものの金コウモリではなかったのである。金コウモリの仮面にかくれて、真珠塔の秘密を、横どりしようとしていたのだ。

それでは、ほんものの金コウモリとはいったい何者だろうか。そしてまた、追跡する等々力警部の目をくらまし、川へとびこんでから、いったいどこへ逃げたのだろうか。

しかし、それらの話はしばらくおあずかりしておいて、ここでは隅田川で、あの大追跡があった翌日の夜のできごとから、お話をすすめていくことにしよう。

等々力警部や俊助が、金コウモリをとりにがして、じだんだふんでくやしがった、つぎの晩のま夜中ごろのこと、川向こうの本所《ほんじょ》のほうから漕《こ》ぎだした一そうの小舟があった。

乗っているのは三人だが、いずれもあまり人相のよくない男たちである。

三人はあたりのようすをうかがいながら、しだいに川の中央へ、舟を漕ぎだしていくのだ。

「そうそう、山本《やまもと》」

やがて、舟が川の中央まできたときだった。舟のなかにすわっている、片目のつぶれた大男が、前にいる斜視《しゃし》の男に話しかけた。

「なんですか。親方」

と、山本が答えたところをみると、この大男が、三人のなかでも、かしらぶんとみえる。顔じゅうひげだらけの、いかにも人相のわるい男である。

「ゆうべは、おもしろかったじゃないか。ほら、モーターボートとランチの追っかけっこよ。まるで映画をみているようだったな」

親方がそういうと、

「そうそう親方」

と、そばから口をだしたのは、舟を漕いでいる男だった。その男は、左腕が根もとからないのだが、それでいて、右手でじょうずに舟を漕ぐのである。

「なんだい、川口《かわぐち》」

「きょうの新聞でみると、あのとき、モーターボートで逃げていたのは、ほんものの金コウモリだというじゃありませんか」

「そうよ、その金コウモリのやつが、砂利舟のかげにかくれて、こっそりモーターボートから、川へとびこんだのも知らず、警部のやつ、あくまでモーターボートを追っかけていきやがった。ばかなやつらってありゃしない。あっはっは」

親方が笑っているところをみると、かれはどうやら金コウモリが、川へとびこむところを見ていたらしい。

「それにしてもおどろきましたね」

と、そういったのは山本だ。

「なにが……」

「なにがって、金コウモリのやつがわれわれの舟のはなさきへ、ぼっかり浮かびあがってきたときです。水のなかでどくろ仮面を落としたと見え、顔がまる見えだったじゃありませんか」

「あっはっは、あのときは金コウモリのやつもおどろきやがったな。思いがけないところにわれわれがいたもんだから、あわてて水へもぐりこみやがった。あっはっは」

親方は、腹をゆすって笑っている。しかし、山本は心配そうに、

「でもねえ、親方、わたしは心配でたまりません」

「なにが……」

「なにがって、われわれは金コウモリの顔を見たでしょう。あいつがどこのどういうやつだか、そこまでわれわれも知りません。しかし、だいたい、どういうやつだかということは見当がついたでしょう。だから……」

「だから……どうしたというんだ」

「だから、金コウモリのやつがわれわれにたいして、なにか悪いことをしやしないかと、それが心配でならないのです」

「あっはっは」

親方はまた腹をゆすって笑うと、

「山本、あいかわらずおまえは気が小さいな。金コウモリだって、われわれをどこのだれと知るもんか。くよくよするな。それより川口、はやく舟をやれ」

「はい」

川口は力をこめて舟を漕ぎつづける。

ああ、それにしてもいまの話を聞けば、この三人は金コウモリの顔を見たのだ。そして、だいたい、どういう人物だかということを知っているらしい。

それだのに、どうしてそれを警察へしらせないのだろう。怪しいのは、この三人である。


さて、それからまもなく三人が、舟を漕いでやってきたのは、なんと弥生荘のすぐ前だった。

そこまでくると親方は舟をとめさせ、

「さあ、ここだ。ゆうべおれはちゃんと見ておいたのだ。にせものの金コウモリが、ほんものの金コウモリにうたれて、あの時計塔から落ちるとき、なにやら手に持っていたものが、宙をとんで川のなかへ落ちたんだ。だれもそれに気がついたものはなかったが、おれはこの目で見ておいたんだ」

「そして親方、それはいったいなんなんです」

「それはおれにもわからない。しかし、ああして、みんながいのちがけでねらっているところをみると、きっとだいじなものにちがいない。ちょっと見たところでは、金色をした仏様みたいなものだった。なんでもいいから、山本、そろそろしたくをしろ」

「はい」

と、答えたものの、山本は、なんだか心配そうにあたりを見まわし、

「親方、だいじょうぶでしょうねえ。だれも見ていないでしょうねえ」

「だいじょうぶだ。だれがいまごろ起きているものか。見ろ、あの時計を。……もうかれこれ二時じゃないか」

見ればなるほど、時計台の時計は二時ちょっとまえをしめしている。両岸の家はもうみんな寝しずまって、まっ暗な隅田川には、いきかう舟もない。

「親方、それじゃしたくをしますから、手つだってください」

「よし、川口、なるべくひとめにつかぬところへ、舟を漕いでいけ」

親方と山本は、舟のなかから立ちあがると、取りだしたのは、なんと潜水服ではないか。

わかった、わかった。

かれらは水にもぐって、川の底に沈んでいるあの黄金の女神像を手にいれようとしているのだ。したくは、すぐにできた。

山本は、潜水服に身をかためて、潜水帽をすっぽりかぶると、

「それじゃ、親方、川口くん、ポンプを押すのをわすれちゃいやだぜ。空気を送ってく

れなきゃ、息がつまって死んでしまうからね」

「だいじょうぶだ。心配するな」

「それじゃ、おねがいします。金色の仏様が手にはいったら綱を引きますから、そのときにはすぐひきあげてください」

潜水服の山本は、ふなべりを乗りこえると、そろそろ水のなかへもぐっていった。舟のうえでは親方と川口が、ギッコギッコとポンプを漕いで、水中の山本に空気を送りだした。

最近のアクアラングだと、せなかに酸素のボンベがついているから、うえから空気を送る必要はないのだが、かれらの持っている潜水服は、ひと昔まえの旧式なやつなのである。

さて、山本は、まもなく川の底についた。

手にした水中カンテラであたりを見ると、川の底はまるでくず鉄屋の店さきのようだった。さまざまな、古いこわれた金物類がころがっているなかに、さびついた、モーターボートが一そう沈んでいる。

山本は、それらのがらくた類を、ひとつひとつ起こしてみて、目的のものをさがしだした。

かれらはこうして、川や海に沈んでいる金めのものを拾いあげては、それを売るのを商売にしているのである。

山本はしばらく川の底をさがしていたが、やがて潜水帽のおくから、キラリと目を光らせた。

ああ、こわれたモーターボートのそばにころがっているのは、まぎれもなく金色の女神像ではないか。

山本はいそいでそれを取りあげたが、そのとたん、ギクリとからだをふるわせて、その場に立ちすくんでしまったのである。

なんとそのとき、モーターボートのむこうから、むくむくと、起きあがってきたものがあるではないか。

それはやっぱり、潜水服と潜水帽に身をかためた怪人物だった。

しかも、あいての着ている潜水服は、山本のような旧式なものではなく、酸素ボンベを背おったアクアラングで、ゴムのヘルメットのうえには、目をいるような照明灯さえついている。その照明灯に目をくらまされて、山本はしばらく、あたりが見えなかったくらいである。

潜水服の山本と、アクアラングの怪人は、モーターボートをなかにはさんで、しばらくにらみあいをつづけていたが、やがて怪人は、右手を出して、ふらふらこちらへ近づいてきた。わかった、わかった。アクアラングの怪人も、やっぱり黄金の女神像をさがしているにちがいない。

これをやってたまるもんかと、潜水服の山本は、あわててうしろへとびのいた。アクアラングの怪人は、いよいよ右手を前へつき出し、フワリフワリと近づいてくる。

ふたりはまた、しばらくにらみあいをつづけていたが、そのうちに、山本はみょうなことに気がついた。

ゴムのマスクのおくからのぞいているその顔は、なんと女ではないか。しかも、その女の目は、夢でも見ているように、とろんとにごっているのだ。

山本はきゅうに、なんともいえぬほど、気味が悪くなった。

そこで、いそいで綱を引っぱったが、そのとたん、潜水服の女は、フワリとからだを浮かせると、からみつくように、山本の腕にすがりついたのである。

「あっ、なにをする。はなせ、はなせ。はなさぬとそのままじゃおかないぞ」

山本はやっきになって叫んだ。

しかし、おたがいに潜水帽やマスクをかぶっているのだから、そんなことばが、あいての耳にはいろうはずはない。

女はまるでツル草のように、山本のからだにからみつくと、手にした黄金の女神像を、取りあげようとする。

「ちくしょう、ちくしょう。女のくせになまいきな。はなさぬとただじゃおかないぞ」

ふたりはしばらく、組んずほぐれつ、川の底でもみあっていたが、そのうちに山本はまたみょうなことに気がついた。

あいての女には左手がないのだ。アクアラングにはむろん、腕も手もついているのだが、その左手をつかんだところが、手首からさきが、フニャフニャとして、いっこう手ごたえがないのである。

左の手首のない女……。しかも、あの気味の悪い目つき……。

山本はきゅうに、なんともいえぬ恐ろしさをかんじた。

「わっ、こいつ、化けものだ！」

叫ぶとともに、潜水服のポケットから取り出したのは、大きなジャックナイフである。

山本はもうはんぶん正気を失った。むちゅうになってズタズタと、そのナイフで、あいてのゴムの服をつきさしたが、すると、どうやら女は山本からはなれた。

山本はいそいで綱を引いたが、ちょうどそのとき、舟のうえでもみょうなことが起こっていた。

「あっ、親方、山本が綱を引いてますぜ」

川口にいわれて、

「おお、なるほど、それじゃ、川口、おまえひとりでポンプを漕いでいてくれ。おれは山本を引きあげてやる」

「へえ」

川口は一生けんめい、ポンプを漕いでいたが、なに思ったか、とつぜん、

「わっ！」

と、叫んでポンプから、手をはなしたから、おどろいたのは親方である。

「川口、ど、どうした。ポンプを漕がぬと、山本が死んでしまうぞ」

「だって、だって、親方、あれ……」

川口がふるえる指でゆびさすほうを見て、親方もおもわずギョッと息をのんだ。

ああ、なんということだろう。
五、六メートルはなれた水のうえを、金コウモリが十ぴきあまり、ヒラヒラ、バタバタ、飛んでいるではないか。
「わ、き、き、金コウモリだ！」

親方もあまりの恐ろしさに、舟底にしがみついて、しばらくぶるぶるふるえていたが、やがて、やっと気を取りなおし、いそいで綱をたぐりあげたときには、山本はもうすでに、息がつまって死んでいたのだった。

右手に女神の像をにぎったままで……。

あわれ晶子

「三津木くん、たいへんなことがおきた」

その翌日、新日報社の編集局へ、顔色かえてやってきたのは等々力警部である。

「あっ、警部さん、ど、どうかしましたか」

「黒河内晶子が見つかったんだ」

「えっ、黒河内晶子が……？　いったい、どこにいたんです」

「ふむ、それについてこれからでかけるところだが、きみもいっしょに来ないか」

「いきましょう」

俊助はすぐに帽子をとりあげた。警部は編集局のなかを見まわし、

「ときに、探偵小僧は……？」

「あれは、弥生さんにつきそわせています。金コウモリのやつが手をだすといけないから……」

「ああ、そうか。それじゃふたりでいこう」

表へでると、警視庁の自動車が待っていた。ふたりがそれにとびのると、自動車はすぐに出発した。

「警部さん、それにしても、黒河内晶子はどこにいるんです」

「いや、いまにわかる」

警部はむずかしい顔をして、それきりだまりこんでしまった。

きみたちも黒河内晶子のことをおぼえているだろう。

金コウモリの怪人に催眠術をかけられて、しらずしらずのうちにその手先になっていた映画スターの黒河内晶子。

柚木真珠王のパーティーの晩に、金コウモリになってしのびこみ、金庫のしかけに手首をはさまれ、それを切り落として逃げた黒河内晶子。

そして、新日報社の編集局から、金コウモリのために連れさられた、あのかわいそうな黒河内晶子……。

その晶子のいどころがわかったというのだ。

やがて、自動車は隅田川の川口の岸についた。見ると、そこには一そうの小舟が待っている。等々力警部と俊助は、すぐにその小舟に乗りこんだ。

「警部さん、黒河内晶子はいったいどこにいるんです。川のなかにいるんですか」

「まあ、なんでもいいから、だまってついて来たまえ」

隅田川の川口には、ところどころ、ヨシのはえた浮州《うきす》がある。それらの浮州は潮がみちてくると、水のしたへかくれるが、潮がひくと、水中からでてくるのである。

見ると、そういう浮州のひとつに、五、六人の警官が立って、なにやら地面を見ていた。警部と俊助をのせた小舟は、その浮州のそばへ横づけになった。

すばやく舟からあがった等々力警部は、警官たちを押しのけると、ヨシのあいだを指さしたが、そのとたん、さすがの三津木俊助も、おもわずギョッと息をのんだのである。

ああ、そこに倒れているのは、まぎれもなく、黒河内晶子ではないか。しかし、それにしても、なんという変わったすがただろう。

黒河内晶子はアクアラングを身につけたまま死んでいるのである。ゴムのマスクはとってあったが、見るとその服はズタズタに切りさかれ、背におうた、酸素ボンベにも、大きな穴があいているのだ。

「けさ、漁師がこの死体を発見したんだよ。しかし、三津木くん、きみはこれをどう思う?」

「どう思うって?」

「いや、晶子はね、金コウモリの命令で川の底へもぐらされたんだよ。たぶん、黄金の女神像をとりにいったにちがいない。ところが、どういうはずみか、酸素ボンベがやぶれたので、息がつまって死んだあげく、ここへ流れよったんだ。かわいそうな晶子。そして、そして、憎むべき金コウモリ!」

等々力警部は、きっとこぶしを握りしめたが、ちょうどそのとき、弥生の身にも、恐ろしい災難がせまっていたのである。

おとといの晩、セント・ニコラス教会の地下道で、水攻めにされて、あやうく殺されるところを、あやうくたすかった弥生は、きのう一日、恐怖と疲労のために寝ていたが、きょうはすっかり元気を回復して、寝床からおきだした。

「弥生さん、だいじょうぶ? もっと寝ていたほうがよくないの。まだ顔色が悪いよ」

三津木俊助の命令で、きのうから弥生につきそっている探偵小僧の御子柴少年は、そういって心配そうに顔をのぞきこむ。

そこは柚木邸のダイニング・ルームだった。弥生と御子柴進は、今ひるごはんをたべているのだが、ひろい食堂にただふたり、むかいあっているところを見ると、なんだか寒けをさそうようである。

食堂のすみには、なくなった真珠王がじまんしていた西洋のよろいが立っていたが、そのよろいの、つめたい鋼鉄のいろが、がらんとした部屋の寒さを、いっそうひきたてているのだ。

「あら、もういいんですの。ご心配かけてすみませんでした。ときに三津木先生は？」

「さっき社へ電話をかけてみたんですが、警部さんがむかえにきて、いっしょにどこかへ出かけたそうです」

「まあ、また、なにかあったのでしょうか」

「さあ」

進も黒河内晶子が殺されたことは、まだ知らないのである。

「それはそうと、進さん」

「なあに、弥生さん」

「ニコラ神父はどうなすったんでしょうね。なにかわかりましたかしら」

「ああ、神父さんのこと？」

進は、ちょっとテーブルからのりだして、

「それがふしぎなんですよ。きのう、水がすっかりひあがったところで、警察の人たちがおおぜいで、あの地下道を調べたんです。ところが神父さんのすがたはどこにも見えなかったんです」

「まあ」

「神父さんがもし、水におぼれて死んだとしたら、地下道のどこかに、死体がのこっていなければならないはずです。水のはけくちは、そんなに大きな穴じゃないのだから、死体が流れてしまうはずはないのです。だから、神父さんはきっとどこかに生きているにちがいないと、三津木さんはいっているんです」

「でも、生きていらっしゃれば、どこからか、たよりがあるはずじゃありませんか」

「ええ、だからふしぎだと、三津木さんも警部さんも、首をかしげているんです」

「まあ……」

ふたりが顔を見あわせて、だまりこんでいるときだった。とつぜん、部屋のどこからか、ガチャリという音が聞こえた。

「あれ！」

弥生はとびあがって、

「進さん、進さん、いまの音、なんの音？」

進は、すばやく部屋を見まわすと、

「あっはっは。なんでもありませんよ。あのよろいが動いたんです。きっと風かなにかのせいですよ」

「まあ、そうだったの。それならいいけど」

弥生がホッと胸をなでおろしたときだった。使用人の老人が、一通の手紙を持ってはいってきた。

「お嬢さま、いま、使いの者が、この手紙をお嬢さまにと、持ってきましたが……」

「まあ、使いの人ってどんな人？」

「片腕しかない人相のよくない男でした」

「そして、その人、まだいるの」

「いいえ、手紙をおいてすぐ帰っていきました」

弥生は気味悪そうに封を切って、なかを読んでいたが、みるみるうちに顔色が変わって、

「まあ！」

と、つぶやくと、おもわずよろめいたが、そのときだった。みょうなことが起こったのである。

だしぬけに、ガラガラとすさまじい音をたてて、西洋のよろいが、床にたおれたのだが、なんと、そのよろいのなかにはだれやら人が……。

うそつき神父

「あれえ！」

弥生は、かなきり声をあげてとびのいたが、そのとたん、手に持っていたあの手紙が

ヒラヒラと床にまい落ちたのも気がつかなかった。進もびっくりして、目をまるくしてよろいを見ていたが、ハッと気がつくと、よろいのそばへかけよって、ぱっと鋼鉄のマスクをあげたが、そのとたん、弥生の唇《くちびる》から、おもわずおどろきの声がもれた。

「まあ、ニコラ神父さま！」

いかにもそれはニコラ神父だった。ニコラ神父は眠り薬でものまされているのか、こんこんと眠っているのである。

「あっ、じいやさん、すぐにお医者さんを呼んできてください。弥生さん、ぼくちょっと社へ電話をかけてきます」

使用人のおじいさんと進が出ていったあと、弥生はさも恐ろしそうに、神父の顔を見ていたが、きゅうに心ぼそくなって食堂からかけ出した。

床のうえに、手紙が落ちているのも忘れて……。

医者はすぐにやってきた。ニコラ神父はやっぱりつよい眠り薬をのまされているのだそうで、医者が二、三本注射をうつと、かすかに身動きをするようになった。

弥生はホッと安心すると同時に、さっきの手紙のことを思い出し、あわててあたりを見まわすと、さいわい、まだ床のうえに落ちていたので、いそいでひろって、ポケットのなかへねじこんだ。

進は神父が、へんなところから出てきたので、おどろきのあまり、手紙のことはすっかり忘れてしまった。

神父は一時間ほどして、やっと正気にもどったが、弥生や進のすがたを見ると、

「おお！」

と、両手をあげて、

「弥生さん、弥生さん、あなた、ぶじでしたか」

「ええ、神父さま、わたしたちはぶじにたすかりましたが、神父さまはどうして、こんなよろいのなかなどにはいっていられたのです。わたしたち、どんなに神父さまのことを心配したかしれませんわ」

「よろい？　わたし、よろいのなかにいたのですか。知りません。わたし、知りません」

「しかし、神父さま、あなたどうしてあの地下道からのがれたのですか。そして、ここへこられたのですか」

これは、進の質問である。

「ああ、それ、それはこうです」

神父の話によると、こうだった。

水に落ちたニコラ神父は、地下道のいちばんおくまで流されたが、さいわい、そのうちに水がひきはじめたので、やっといのちをたすかった。

たすかったニコラ神父は、地下道のすみからすみまでさがした。弥生や三津木俊助、それから進のゆくえをさがしもとめたのである。

しかし、どこにも三人のすがたが見えないうえに、あの噴水へ抜ける穴を発見したの

で、さてはみんなもここから抜けだしたのであろうと、じぶんもそこから抜けだすと、すぐにこの家へかけつけた。

しかし、そのときには、弥生もまだ帰っておらず、使用人の老人のすがたも見えなかったので、かってにこの食堂へはいってきて、弥生の帰るのを待っていたというのである。

「わたし、そのいすに、腰、おろしていました。すると、ふいにうしろから、だれかが抱きついてきました。そして、わたしの鼻に、しめったガーゼ、押しあてました。ガーゼ、つよい薬のにおいしました。わたし、もがきました。抵抗しました。しかしそのうちに気がとおくなって……それからあとのことは、なにも知りません」

ニコラ神父の話をきいているうちに、進の顔色が、しだいに土色になってきた。

それでは神父はおとといの晩から、あのよろいのなかに、押しこめられていたのだろうか。いやいや、そんなはずはない。

進はゆうべの八時ごろ、なにげなくよろいのなかを見たのだが、そのときには、そこにはだれもいなかったのである。

それでは神父は、なぜ、そんなうそをつくのだろうか。

ニコラ神父はそれからまもなく、帰っていったが、その晩、進はなかなか眠りにつくことができなかった。

ニコラ神父はなんだって、あんなうそをつくんだろう……そう考えると、進の胸はあやしくみだれて、なかなか眠りにつくことができなかったのである。

進はあれからなんども、新日報社へ電話をかけてみた。しかし、運の悪いときは、しかたがないもので、三津木俊助はまだ社に帰っていないという。警視庁へも電話をかけてみたが、等々力警部のいどころもわからない。

進はなんともいえぬ不安におそわれながら、さて、どうしたらいいかわからないままに九時ごろまで弥生のあいてをしたのち、じぶんの寝室へひきあげたが、なかなか眠ることができない。ベッドのなかで、寝がえりばかりうっていたが、すると十時ごろのこと、だれかがドアの外へきて、ソッとなかのようすをうかがっているけはいがする。

進はギョッとして、ベッドのなかで息をころしていたが、するとまもなく、ドアのそばをはなれた足音が、しのびやかに立ち去っていくのだ。

進はガバッとベッドからはね起きると、いそいでドアを開いて、外をのぞいたが、あなんと、いましも廊下の角を曲がっていくうしろすがたは、弥生ではないか。しかも、弥生は、ちゃんと外出のしたくをしているのである。進は、ハッと、持ってきたという、手紙のことを思いだした。ニコラ神父のことに心をうばわれ、進は、いままであの手紙のことをすっかり忘れていたのである。

ひょっとすると弥生は、あの手紙におびき出されていくのではあるまいか。

「しまった？」

舌うちをした進が、大いそぎで身じたくをととのえ、おもてへとびだすと、弥生はむこうの角で、通りかかったタクシーを呼びとめて、乗るところだった。進は、声をかけようとしたが、そのまえにもうタクシーは走り去ってしまった。

「しまった、しまった。弥生さんにもしものことがあっては、三津木さんに、もうしわけがない」

進が、じだんだふんでくやしがっているところへ、おりよく通りかかったのは、タクシーの空車。進はそれにとびのると、

「運転手さん、むこうにいくあの自動車を追跡してください」

と、むちゅうになって叫んだ。

こうして、二台のタクシーは、糸でつないだように夜の町をはしっていたが、しだいに下町へやってくると、やがて隅田川をわたり、やってきたのは小名木川《おなぎがわ》のかたほとり。

そこまでくると、弥生のタクシーがとまったので、進もあわてて、百メートルほど手まえで、タクシーをとめた。

見ると、タクシーからおりた弥生は、あたりを見まわしながら、さびしい道をコツコツと歩いていく。進も自動車をかえして、こっそりとあとからつけていった。

そこはかたがわには、小名木川の黒い流れが流れており、かたがわには、どこかの工場の塀《へい》がながながとつづいているという、まことにさびしい場所だった。

弥生は、しきりに川のほうを気にしながら、歩いていく。川のなかには、いろんな船がとまっていたが、弥生はそのたびに立ちどまって、船のなかをのぞいている。

それでは弥生の用があるのは、船のなかなのだろうか。

やがて、弥生は橋のたもとへさしかかったが、すると、そのとき暗闇《くらやみ》から、スルスルと出てきたひとつの影が、弥生とふた言、三言話をしていたが、やがて肩をならべて歩きだした。

進は、怪しく胸をおどらせながら、ふたりのあとをつけていったが、なんと、弥生を待っていたのは、松葉杖《まつばづえ》をついた足の不自由な少女ではないか。

ランチの怪人

「お嬢さま、あなたはここへいらっしゃることを、だれにもおっしゃりはしなかったでしょうねえ」

松葉杖の少女は心配そうに、あとさきを見まわしながらたずねている。

「いいえ、だれにも。この手紙に、だれにもいっちゃいけないと書いてあるんですもの」

「そうですか、ありがとうございました」

「あなた、この手紙を書いた川口という人と、どういうご関係？」

「あたし、川口の妹ですの。鈴江《すずえ》といいます」

してみると、この少女は、昨夜、隅田川の川底から、黄金の女神像をひろいあげた、三人の仲間のひとり、川口の妹なのであろう。年ごろは弥生といくつもちがわないようだった。

「おにいさまはなにをなさるかたなの？……」

「なにって、べつに……」

と、足の不自由な鈴江はためらいがちに、

「悪いことばかりしているんですわ。悪い親方がついているもんですから。わたし、あの親方とわかれてくれと、なんども兄にいうんですけれど……」

「まあ！」

弥生は、気味悪そうに肩をすぼめたが、

「でも、この手紙に書いてあることはほんとうでしょうねえ。あたしのおじの柚木博士が時計台からとり出した黄金の女神像を、川の底からひろったというのは……」

「はい、それはほんとうです」

「そして、百万円出せば、その女神像をあたしにかえしてくださるのね」

「はい、そうもうしております」

「それから、もうひとつ、あの金コウモリの怪人が、だれだか知ってると書いてありますけれど、それもほんとうなの？」

「ええ、怪人の顔をはっきり見たといっておりました」

「それじゃ、なぜ、警察へとどけないの」

「それは……じぶんが悪いことばかりしているものですから、警察へいくのがこわいの

です。でも、お嬢さま、あなたにはけっして、指一本ささせるようなことはいたしませ
ん。そのかわり、百万円だけやってください。あたし、それを親方にやって、兄とわかれさせるつもりでおります」

弥生はきゅうに、このみすぼらしいすがたをした少女が、いじらしくなってきた。

「ええ、いいわ、わかったわ。あなたはいいかたね。あなたのような妹さんがついていれば、おにいさまもきっと、悪事から足を洗うことができますわ」

「ありがとうございます。お嬢さま、あ、この船《ふね》でございます」

鈴江が足をとめた川ぶちには、小さなランチがつないであった。

ランチから岸にむかって、みじかいはしごがかけてあったが、鈴江はそれをつたっておりていく。弥生も気味悪そうに、そのあとからつづいた。

「にいさん、にいさん、親方さん、お嬢さまをお連れしましたよ」

小さな船室の前に立って、鈴江が声をかけたが、なかから返事が聞こえない。

「あら、どうしたのかしら」

鈴江がふしぎそうにドアを開くと、ネコのひたいほどのせまい船室のなかには、ふたりの男がテーブルのうえにうつぶせになっていた。テーブルのうえには、酒のびんとコップがころがっている。

「まあ、よっぱらって寝てしまったのかしら。にいさん、にいさん、親方さん」

鈴江はふたりの男をゆり起こそうとしたが、そのとたん、キャッと叫んでとびのいた。

なんと親方も川口も、口から血をはいて死んでいるではないか。

「毒……そうだわ、だれかがこのお酒のなかに、毒をほうりこんだにちがいないわ。だれが……だれが……」

鈴江が身をふるわせて叫んでいるとき、だしぬけに弥生が、キャッと叫んで鈴江にすがりついた。

にわかにランチが走り出したからである。

「だれ……？　操縦席にいるのは、だれ……」

鈴江が叫んだが返事はなく、ランチはいよいよスピードをまして、とうとう隅田川へ出てしまった。

「だれ……？　だれなのさ、そこにいるのは」

鈴江がもういちど、ふるえ声でたずねたとき、ランチがピタリと川の中央にとまったかと思うと、船室の外からヌッと顔を出したのは、ああ、あの気味の悪いどくろ仮面の男、金コウモリの怪人ではないか。

金コウモリの怪人は、気味の悪いどくろ仮面のしたから、怪しく目をひからせながらピストル片手に船室のなかへはいってきた。弥生はなにかいおうとしたが、あまりの恐ろしさに、舌がもつれて声が出ない。鈴江はしかし、弥生よりも勇かんだった。キッと弥生をうしろにかばいながら、

「ああ、おまえなのね。おにいさんや親方に、毒をのませて殺したのは……？」

と、ののしるように叫んだが、金コウモリの怪人は、それに返事をしようともせず、ジリジリとそばへよってくる。さすがの鈴江もまっさおになり、

「おまえ、あたしたちをどうしようというの。おにいさんや親方を、殺しただけではたりないであたしたちまで殺そうというの」

「黄金の女神像はどこにある？」

金コウモリの怪人は、はじめて口をひらいたが、その声を聞いたとたん、弥生はハッと、どくろ仮面を見なおした。

ひくい、ふめいりょうな声だったが、弥生はどこか、聞きおぼえがあるような気がしたのである。

「黄金の女神像……？　いいえ、あたしは知りません。あたし、そんなもの知りません」

鈴江は必死となって叫んだが、しかし、そのことばにどこかあいまいなひびきがあるのは、知っているしょうこである。金コウモリの怪人もそれに気がついたのか、仮面のおくでニヤリと笑いながら、

「おまえが知らぬはずはない。いえ、黄金の女神像はどこにある。いわぬと……？」

「いわぬと、どうするというの？」

「このピストルが目にはいらないのか」

そういいながら金コウモリの怪人は、鈴江の胸にピタリとピストルを押しつけた。どくろ仮面のしたからのぞいている目が、恐ろしく殺気をおびて光っている。それを見る

と弥生はおもわず叫んだ。

「ああ、鈴江さん、その人に黄金の女神像をわたしてあげて……」

「だって、お嬢さま、こんな悪者に……」

「いいの、いいの。真珠塔さえ手にいれたら、この人だって、悪いことはやめるでしょう。あたしはもうなにもいらないのよ」

「それ、お嬢さんもああいっている。はやく黄金の女神像をわたせ」

「しかたがないわ。お嬢さまがそうおっしゃるなら……。そのピストルをどけてください」

金コウモリの怪人がピストルをおろすと、鈴江は不自由な足をひきながら、入り口のほうへ歩いていった。

「おい、どこへいくんだ」

「だまっておいで。女神像はここにかくしてあるのだから」

鈴江はそういいながら、入り口のよこの腰板をなでていたが、すると、だしぬけに三十センチ四方ばかりの小さなドアが、ピインとはねかえるように開いた。そしてそのあとには、小さなかくし金庫があるではないか。

鈴江はその金庫に両手をつっこみ、しばらくなかをさぐっていたが、やがて左手で取りだしたのは黄金の女神像。

「さあ、女神像はここにあるよ」

「おお」

と、よろこびの声をあげ、金コウモリの怪人が一歩まえへふみだしたときだった。とつぜん鈴江の右手から、ズドンと一発、ピストルが火をふいた。

ふいをつかれた金コウモリの怪人は、左のてのひらをうちぬかれて、おもわずアッとよろめいたが、ああ、そのときだった。

怪人の顔からどくろ仮面がパラリと落ちて、そのしたからあらわれたのは!!

「ああ、あなたは……」

弥生はひとめその顔を見るなり、あまりのことに気をうしなってしまったが、そのとたん正体をあらわした怪人がいかりの顔つきものすごく、鈴江をめがけてズドンと一発。それが命中したのか、鈴江はヨロヨロとドアのそとへよろめき出ると、黄金の女神像をもったまま、まっさかさまに川のなかへ……。

「しまった!」

と、叫んだ怪人は、あわてて仮面をつけなおすと、血のしたたる左のてのひらを押さえながら甲板へ出てみたが、暗い川のおもてには、鈴江のすがたは見あたらない。

それからまもなく怪しい船は、気をうしなった弥生をのせて、いずこともなく走り去っていったが、それよりすこしまえのこと。

さっきから船室の屋根に、ヤモリのようにへばりついていたひとつの影が、鈴江のあとを追って、音もなく、川のなかへすべりおりていったのを、さすがの怪人も、気がつかなかったのだった。

ヤモリのような影……いうまでもなく、それは探偵小僧の御子柴少年。

大慈善市

金コウモリに連れさられた弥生は、そののちどうなっただろうか。それからまた、怪船のデッキから隅田川へ落ちた鈴江や、その鈴江のあとを追って、川のなかへもぐりこんだ御子柴進はどうしただろうか。

しかし、それらのことはしばらくおあずかりとしておいて、ここにはそれから一週間ほどのちに開かれた、セント・ニコラス教会の大バザーのことから、話をすすめていくことにしよう。

バザーとはふつう慈善市と書くとおり、情けある人びとが、じぶんの品を持ちよって、それを売った金を慈善のために使うのである。その日、セント・ニコラス教会で開かれたバザーは、交通事故で親をうしなった孤児たちのために、基金をつのるのが、もくてきだった。

なにしろ、聖人のうわさのたかいニコラ神父が、主催者となって開いたこんどのバザーだから、そのさかんなことといったらない。教会のなかはもちろん、ひろい庭にもいちめんに売店が開かれて、さまざまな珍しい品を売っている。

いうまでもなく、それらの品は、セント・ニコラス教会の信者たちが持ちよったもので、売店の売り子も、みんな信者のおくさんや娘さんたちなのだ。そして、それを買いにあつまった人びとも、みんな信者の娘さんやおくさんたち。

だから、このバザーのにぎやかなことといったらない。

教会の庭には売店ばかりではなく、余興を見せる舞台や食物店もできている。そして、会場いちめんにクモの巣のように張りめぐらされたのは万国旗。おまけに教会のとがった塔のてっぺんから、軽気球がひとつ綱につながれて、フワリと宙に浮いているのである。

昼すぎからどんどん花火はあがるし、余興場の舞台ではバンドの音もうきうきと、いかにも、きょうのバザーの成功を祝っているかのよう。

しかし、それにもかかわらず、きょうのバザーの主人役、ニコラ神父の顔色が、なんとなくすぐれないのはどういうわけなのだろう。

神父は朝から、教会のまわりをまわって歩き、売店のおくさんや娘さんたち、あるいはおきゃくさんたちに、いちいちあいさつをしていたが、いつものようにげんきがなく、それに、だいぶやつれているように見える。

見ると左手に白いほうたいをしているが、ひょっとするとけがでもしていて、そのきずがいたむのではないだろうか。

さて、夕がたの四時ごろのこと、バザーもようやくおわりにちかづき、きゃくもだいぶんすくなくなったころ、自動車でかけつけたのは新日報社の三津木俊助と等々力警部。

「やあ、神父さん、きょうは盛会でけっこうでしたね」

俊助が、にこにこしながら声をかけると、神父はキョトンとした顔をして、

「はあ、ありがと。しかし、あなたはだれでしたか」

と、ふしぎそうにたずねた。

「あっはっは、神父さん、おわすれになっちゃいやですよ。ぼくです。三津木俊助です」

「三津木俊助さん……？　ああ、思いだしました。新日報社の名探偵。お名まえは聞いております。そして、こちらのかたは？」

「おやおや、こちらもおわすれになったのですか。いつか柚木さんのパーティーでいっしょになった警視庁の等々力警部ではありませんか」

「警視庁の……？　ああ、そう、そうでした」

ニコラ神父の顔色には、苦しそうな色が浮かんでいる。等々力警部はおこったように目をひからせて、神父の顔色を見ていた。

「ところで、神父さん、きょうきたのはほかでもありませんが、神父さんはもしや、丹羽百合子や黒河内晶子という女性をごぞんじじゃありませんか」

そういうと三津木俊助は、返事を聞きたいといわんばかりに、キッとして、神父の顔色をみつめた。

「丹羽百合子と黒河内晶子……ええ、知っています。それが、どうかしましたか」

ニコラ神父は、ふしぎそうな顔色である。

「神父さん、あなたはふたりが死んだ、いや、殺されたことはごぞんじでしょうね」

「えっ、ミス丹羽とミス黒河内が殺された……？　そ、それは、ほんとうですか」

神父の顔に浮かんだおどろきの色に、うそがあろうとはおもわれない。神父はほんとうにびっくりして、目をまるくしているのである。

「ほんとうです。しかも、ふたりとも、いま評判の、金コウモリの怪人の手先になって、そのために殺されることになったのです」

「金コウモリの怪人ですって？」

神父はいよいよおどろいている。

「そうです。神父さんは金コウモリの怪人について、なにかごぞんじですか」

「いや、知りません。評判を聞いているだけです。しかし、あのふたりが金コウモリの怪人の手先だったというのは、ほんとうですか」

「ほんとうです。黒河内晶子が殺されてから、晶子さんの日記が発見されたのです。それによると、晶子さんはこの教会の信者だったそうですね」

「ええ、そう、たいへん熱心な信者でした」

「しかも、晶子さんはこの教会で、たびたび丹羽百合子に会ったと書いています。丹羽百合子さんも熱心な信者だったそうですね」

「ええ、そう、しかし、それがなにか……」

「ところが晶子さんの日記には、みょうなことが書いてあるのです。ニコラ神父、つまりあなたですね、あなたとふたりきりでお説教を聞いていると、いつか夢にさそわれたような気になる。つまり催眠術をかけられたような気持ちになるというんです」

「さ、さ、催眠術……？」

ニコラ神父は、なにか思いあたるところがあるらしく、まっさおになった。

「ええ、そう。しかも黒河内晶子さんも丹羽百合子さんも、金コウモリの怪人に、催眠術をかけられて、しらずしらずのうちに、手先にされていたらしい形跡があるのです」

三津木俊助はそこで、キッとニコラ神父の顔をみながら、

「そのことから考えると、すなわち、あなたが金コウモリの怪人ということになるのですが、神父さん、いかがですか」

「わたしは、知りません。そんな恐ろしいこと、わたし、知りません」

ニコラ神父は、ことばをつよめて打ちけしたが、しかし、ひたいから滝のような汗がながれている。

と、そのときだった。

「うそつき、この大うそつき、おまえこそ金コウモリの怪人なんだ。わたしはちゃんとおまえの顔をみたのだ」

と、とつぜん聞こえてきたするどい叫び声に、一同がギョッとしてふりかえると、そこに立っているのは、身のたけ三メートルもあろうかという、大きなフランス人形であ

る。

そのフランス人形は、きょうのバザーの売り物ではなく、会場のかざりとしてそこにおいてあったのだが、一同がふりかえったとたん、人形のすそからでてきたのは、足の不自由な鈴江ではないか。

「おお、鈴江さん、それでは隅田川のランチで見た、金コウモリの怪人とは、たしかにこの人にちがいないかね」

「そうです、そうです。この人にちがいありません。金コウモリの怪人は、ちょっとのあいだ、仮面を落としたのです。そのとき、わたしは顔を見ましたが、たしかにこの人にちがいありません。そのしょうこには左手のほうたいです。わたしのうった弾丸は、金コウモリの怪人の、左のてのひらをつらぬいたのです。警部さん、そいつの左手を調べてください」

「ニコラ神父。鈴江さんがああいってますから、ひとつ左手のほうたいをといてください」

等々力警部につめよられて、ニコラ神父はしかたなく、左手のほうたいをといたが、その手に目をやったとたん、一同はおもわず、アッと目をみはらずにはいられなかった。

ニコラ神父は左の手の甲に、大きなやけどこそしていたが、ピストルでうたれたようなきずあとは、どこにものこっていなかったのである。

「どうです。これで疑い、はれましたか」

「しかし、神父さん、このやけどは……?」

「ゆうべ、バザーのしたくしているとき、煮え湯をひっくりかえしてやけどしました。それにはたくさん、証人あります」

警部はまだ疑いのはれやらぬおももちで、

「鈴江さん、金コウモリの左手をうったというの、ほんとうだろうね。まさか、気の迷いじゃなかろうねえ」

「ほんとうです。弾丸があたって、たくさん血が流れたのです。しかし、どうしたのでしょう。わたしは、たしかにこの人だと思うのだけれど……」

鈴江は、キツネにでもつままれたような顔つきである。

「神父さん、失礼しました。とんでもない疑いをかけてすみません。しかし、神父さん」

と俊助はことばをつよめて、

「あなたはなにか、金コウモリの怪人についてごぞんじありませんか。鈴江さんの話によると、怪人はあなたにたいへんよく似ているというし、それに黒河内晶子さんや丹羽百合子さんのこともありますから……」

ニコラ神父の顔色には、またしても苦しげな色が浮かんできた。

「神父さん、もしあなたがなにかごぞんじならば、正直にいってください。金コウモリの怪人を、いっときもはやくつかまえないと、ある人のいのちにかかわるかもしれないのです」

「ある人とは……？」

「柚木老人のお嬢さんの、弥生さんです。弥生さんはあなたによく似た、金コウモリの怪人にどこかへ連れていかれたのです」

「や、弥生さんだって？　そ、そ、そして、弥生さんのおとうさんはどうしたのですか。ミスター柚木は？」

「神父さん、あなたはそれをごぞんじないのですか。柚木さんは殺されました。それも金コウモリの怪人のために……」

「な、な、なんだって、ミスター柚木は殺されたんですって。わしによく似た男に……」

「そうです、そうです。それですから神父さん、ごぞんじのことがあったら、なにもかも正直にいってください」

「あの悪者め、悪党め！　わしはすっかりだまされていた。警部さん、三津木さんもきてください」

　ニコラ神父は白いあごひげをふるわせながら、気がくるったように走っていった。一同がそれについて走っていくと、神父はらせん型の階段をグルグルのぼって、やがて、やってきたのは尖塔《せんとう》のすぐしたである。

「カポン、出て来い、悪党カポン！」

　神父が大声で叫んだときだった。とつぜん、ズドンと一発、ピストルの音がとどろいたかとおもうと、ヒューッと風を切って、弾丸がしたのほうへとんだ。

一同はおもわずらせん階段のとちゅうで立ちどまり、ハッと、うえをあおいだが、と、見ると、階段のうえに仁王立ちになって、キッとピストルをかまえているのは、なんとニコラ神父とウリふたつの男ではないか。

「カポン」

と、神父はしわがれ声をあげて、

「よくもよくも、おまえはわしをだましたな。弥生さんはどこにいる。弥生さんをここにだしなさい」

「あっはっは、ふたごのにいさん。まあ、そうおこんなさんな。弥生さんなら天にいるよ」

「なに、天にいる。それでは殺してしまったのか」

「なあに、天といっても天国ではない。ほら、空に浮かんでいる軽気球のなかにいるんだ」

「な、な、なに、け、軽気球のなかに……?」

「そうだ。そして、いまに天国へとんでいくんだ。ふたごのにいさん、おれもひとりで死ぬのはさびしいから、あの子をいっしょに連れていくよ。あっはっは、三津木俊助、等々力警部、さようなら!」

ニコラ神父とウリふたつの男は、そういってうやうやしく一礼すると、サッと身をひるがえしてすがたを消した。

「あっ、しまった！　待て！」

一同が大いそぎで尖塔のてっぺんまでのぼってくると、ああ、なんということだろう。そこにつないであった軽気球の綱が切られて、いましも丸い軽気球は、フワリフワリと空にとんでいくではないか。しかも、その綱のはしには、ニコラ神父のふたごの弟、悪党のカポンがぶらさがり、片手をふって……！

死の道づれ

「おのれ、おのれ、悪党カポン！」

等々力警部はやっきとなって、腰のピストルをぶっ放したが、しかし、カポンのからだはすでにピストルの射程距離より遠くはなれて、弾丸はいたずらに空中に、線をえがくばかり。と、このとき、とつぜん、軽気球のカゴのなかから、むっくりと顔を出したのは、ああ、なんと、探偵小僧の御子柴少年ではないか。

「あっ、探偵小僧！」

三津木俊助はおもわず手に汗をにぎった。ほかの人たちも、ギョッと息をのんだのはいうまでもない。

探偵小僧は口に手をあて、必死となってなにやら叫んでいる。しかし、もうかなり距離があるので、なにをいっているのかわからない。探偵小僧もそれに気がついたのか、指で空中に大きく字を書きはじめた。

「あっ！　ヘリコプターと書いているんだ」

「そうだ、そうだ。こんなことをしている場合ではない。すぐに軽気球を追跡しなければ……」

「警部さん、あなたはぼくの社に電話をかけて、いつでもヘリコプターが飛びだせるよう、用意をしておくようにつたえておいてくださいませんか。ぼくはこれからすぐに、自動車で社へ帰ります」

「ようし！」

そういう話ももどかしく、ふたりはあたふたと階段をかけおりると、三津木俊助はそのままおもてに待たせてあった自動車へ、等々力警部は電話室へとびこんだ。

ニコラ神父はすっかりびっくりぎょうてんして、松葉杖の鈴江といっしょに、よたよたと階段をかけおりる。

さて、それからまもなく、俊助が社へ帰ると、ヘリコプターはすでに用意ばんたんととのっていた。そこで大いそぎで飛行服に身をかためた俊助は、ただちに新日報社の屋上から飛び立った。

さあ、このことが早くもラジオのニュースとなって、東京じゅうにひろがったので、軽気球の飛んでいく道すじにあたった町では、わきかえるような騒ぎである。

「ああ、あの軽気球にぶらさがっているのが、金コウモリの怪人なんだ！」

「そして、あのカゴのなかにはかわいそうに、少年少女が乗っているんだ」

「あっ、ヘリコプターが追っかけていく！」

「ヘリコプター、しっかり！」

「しかし、ヘリコプターが追っかけたところでどうなるんだ。空中でどうして少年少女を救うことができるんだ」

まさにそのとおりだ。三津木俊助はどうして、弥生と探偵小僧を救いだすつもりなのだろうか。

軽気球はおりからの風にのって、しだいに東京湾のほうへ流れていく。それと見るや、警視庁からの電話によって、あらかじめ待機していた海上保安庁のランチがばらばらと、クモの子を散らすように追っていく。

なにしろ、あいてはただ風にのって流れていく軽気球のことだから、ヘリコプターもランチも、すぐ追いつくことができた。

ヘリコプターは軽気球のまうえまでくると、ゆるく輪をえがいていたが、やがてパラリと投げおろされたのは一本の綱である。探偵小僧の御子柴少年は、軽気球から身をのり出して、その綱をつかもうとするのだが、なかなかうまくいかない。

金コウモリの怪人はそれに気がつくと、したからピストルをぶっぱなした。怪人の
怪人は進をねらっているのだろうか。いやいや、そうではなかった。怪人のねらってねらっているのは軽気球だったのだ。

ああ、なんという悪いやつだろう。なんという悪人だろう。怪人は軽気球を爆発させて、弥生や進を、死のみちづれにしようというのである。

東京湾に浮かんでいる船という船から、人びとがこのようすを見て、手に汗をにぎってはらはらしている。

あの綱が進の手ににぎられるのが早いか、それとも、怪人のねらいがきまって、軽気球の爆発するのが早いか。それによって、弥生と進の運命はきまるのだ。

しかし、金コウモリの怪人も、左手にけがをしているだけ弱みがあった。もし、左手にけがをしていなかったら、もっと早く綱をのぼって、軽気球のカゴにたどりつき、おそらく、弥生や進は、いままで生きていなかったことだろう。

それに、怪人は右手で綱にぶらさがっているので、不自由な左手を使わねばならない。しかもその左手にはけがをしているのだから、どうしても、うまくピストルのねらいがさだまらないのである。

ズドン！

ズドン！

と、音がするたびに、船のうえから見ている人びとは、手に汗をにぎっていきをのむ。ましてや、ヘリコプターに乗っている三津木俊助は、いったいどんな思いだっただろう。それこそ、命がちぢまるような気持ちだったにちがいない。

だが、ああ、天の助けか、やっと綱のさきが進の手ににぎられた。進は綱をたぐると、軽気球のカゴのなかに身をかがめた。

ヘリコプターは軽気球と、適当な間隔をたもちながら、ゆるく空中に輪をえがいている。一しゅん、二しゅん……。

さっき、進の手に綱のはしがにぎられたとき、万雷のような拍手を送った人びとも、進のすがたがあまり長く、カゴのなかからあらわれないので、いったいどうしたのだろうと、不安な思いで息をのんで、軽気球を見まもっている。

だが……。

とうとう進のすがたが、軽気球のカゴからあらわれた。手をふって、ヘリコプターに合図をしている。

と、いままでゆるくたるんでいた綱が、ヘリコプターの機上からたぐりよせられ、しだいにピインと緊張したかと思うとやがて、綱に両手をかけた進のからだが、まず、軽気球のカゴからはなれた。

しかし、綱のはしはまだ軽気球のなかにのこっている。進はサルのような身軽さで、どんどん綱をのぼっていった。

ヘリコプターはグラリと横にかたむいたが、それでもたくみに平こうをたもって、あいかわらず、ゆるく輪をえがいている。

進はとうとうヘリコプターにたどりついた。三津木俊助が機上から手をのばして進をうえにひきあげた。むろん、俊助のからだは綱で機上に結びつけてあるのはいうまでもない。

「あっ、三津木さん、ぼくのからだもはやく機上につないでください」

「よし!」

と、叫んで俊助がすばやく進のからだを機体にむすびつけると、こんどはふたりで、全身の力をこめて綱をたぐりはじめた。

ふたりが綱をたぐっていくにしたがって、軽気球のカゴのなかからあらわれたのは、綱のさきにがんじょうに、ゆわえつけられた弥生のからだである。弥生は気をうしなっているのか、ぐったりしている。

弥生が軽気球のカゴをはなれると同時に、ヘリコプターは、ややスピードをまし、軽気球から遠くはなれたが、じつにそのしゅんかんだった。

金コウモリの怪人のはなった一弾が、みごと軽気球に命中したからたまらない。

パッと青白いほのおをあげて、軽気球の袋が爆発したかと思うと、軽気球は金コウモリの怪人とともに、つぶてのように海上へ落ちていった。

ああ、あぶない、あぶない。もうすこし弥生を引きあげるのがおくれたら、ガスの爆発のために、弥生はどんな大けがをしたかわからないのだ。

その夜のラジオで、弥生と進が、ぶじに救われたことを聞いた人びとは、どんなにかよろこび、安心したことだろう。そして、だれひとり進の勇かんな働きを、ほめたたえないものはいなかったのだった。

こうして、さしも世間をさわがせた、金コウモリの怪人もほろび去った。不幸にも怪人の死体は発見されなかったが、フカにかみ切られたらしい片足が見つかって、それが怪人の足らしいということになったので、金コウモリの怪人が死んだということは、たぶんまちがいのないことと思われた。

さて、うちつづく恐ろしいできごとに、弥生はからだをいためて、しばらく静養していたが、それもすっかりよくなったので、きょうはこの事件に関係した人びとが、セント・ニコラス教会に集まって、事件について語りあうことになった。

集まったのはニコラ神父をはじめとして、三津木俊助に探偵小僧の御子柴少年、等々力警部に弥生、ほかに松葉杖の鈴江も席につらなっている。

「さて、神父さん」

と、一同が集まったところで、まず第一に口を切ったのは三津木俊助だった。

「さいしょにおうかがいしたいのは、あなたとふたごのきょうだいのカポンのことですが、どうしてあなたは、カポンという男と入れかわっていたのですか」

ニコラ神父は心ぐるしそうに、

「それについては、じゅうじゅう、みなさんに、おわびしなければなりません。じつはこの春ごろから、とかく、わたくし、健康がおもわしくありません。ドクトルに見てもらうと、二、三か月静養したほうがよろしいといいます。しかし、せっかく信者もふえ、教会もさかんになっているおりから、わたくし、休む、たいへん打撃になります。そこへ、とつぜん、ふたごの弟カポンきました」

ニコラ神父はいよいよ心ぐるしそうに、

「カポンいうのに、そんなわけなら、だれにもいわずに遠いところで、静養したほうよろしい。るすちゅうはじぶん、身がわりになってあげる、と、こういいます。カポンも昔、神父でした。しかし、悪事をはたらいて教会から破門されました。カポン、たいへん悔いあらためてるふうみせました。わたくし、きょうだいですから、カポンのこと心配していました。もし、じぶんの身がわり正直につとめてくれるなら、ローマ法皇にとりなしして、破門、ゆるしてもらうよう、考えました」

ニコラ神父はひたいの汗をふきながら、

「わたくし、あとのこと、カポンにまかせて、別府《べっぷ》へいきました。新聞、ほとんど読みません。カポン、ときどき手紙くれました。たいへん正直らしい手紙でした。わたくし、安心していました。病気なおって、このあいだ東京へ帰ってきました。カポン、左手、けがしていました。あやまって、ドアにかまれたといいました。わたくし、るすちゅうのこと調べました。カポン、正直にやっていました。わたくしローマ法皇に、取りなしの手紙書いて、近くイタリアへやるつもりでした。わたくし、だまされました。残念です」

ニコラ神父の両眼から、滝のように涙が流れている。

「しかし、ニコラ神父」

と、等々力警部がことばを強めて、

「カポンはどうして、柚木真珠王の真珠塔のことを、知っていたのですか」

「ああ、そのこと、それ、わたくし日記に書いておきました。本物の真珠塔、どこか、この教会にかくしてある。そのありかは金庫のなかに貼ってある、柚木さんそんなこといいました。わたくし、それを日記に書いておきました。カポン、日記読んだにちがいありません」

「なるほど、それでわかりました。ときに神父さん」

と、俊助は身を乗り出して、

「カポンは催眠術をやるのですか」

「ええ、そう、カポン、昔もそれで悪事、働きました。カポン、催眠術の名人、おおぜいの人に、同時に、同じまぼろし、みせることができます」

「集団催眠術というやつですね」

「しかし、ニコラ神父」

等々力警部は、まだ疑いのはれやらぬ顔色で、

「いつかわたしの見た金コウモリは、とても催眠術とは思えませんでしたよ」

「ぼくが見たときも、ぼくの肩にさわっていきましたよ」

と、探偵小僧の御子柴少年も、ふに落ちぬ顔色だったが、と、このとき、とつぜん電

気が消えて、部屋のなかがまっ暗になったかと思うと、おお、なんということだろう。ひとつ、二つ三つ……またしてもヒラヒラと、金色のコウモリが舞いあがったではないか。

8・4・1の秘密

「あっ、金コウモリだ！」

暗闇《くらやみ》のなかから等々力警部が叫んだかと思うと、ズドン、ズドンとピストルの音。その一発が命中したのか、金コウモリはパンとみょうな音を立て、いっぺんに小さくちぢまったかと思うと、床のほうへ落ちてきた。そのとたん電気がパッとついたので等々力警部がいそいでひろいあげてみると、なんと床のうえに落ちているのはゴム風船ではないか。ゴム風船のうえに、金色の夜光塗料がぬってあるのである。

天井をみると、コウモリのかたちをしたゴム風船がフワリフワリと飛んでいる。等々力警部はキッとニコラ神父の顔をにらんで、

「ニコラ神父、こ、これはいったいどうしたんですか。これはあなたのやったことなんですか」

ニコラ神父はびっくりしたように目をまるくしていたが、そのとき、そばから、カラカラと笑ったのは三津木俊助。

んです」

「あっはっは、警部さん、ごめんなさい。それはぼくが、ちょっといたずらをしてみた

「き、きみが……」

「そうです、そうです。カポンは集団催眠術で、群衆に金コウモリの暗示をあたえたこともあるのでしょう。しかし、それがいつも成功するとはかぎらないので、こういうゴム風船を使ったのでしょう。あるいは本物のコウモリに夜光塗料をぬって、おどろかせたばあいもあるのかもわかりません。とにかく、そのとき、そのばあいによって、いろんな手を使ったのですね。その目的はいうまでもなく、人びとを恐怖と混乱におとしいれ、そのすきに悪事を働こうというのでしょう。カポンは真珠塔の事件でこそ失敗しましたが、きっと、どこかで、もっとほかの悪事を働いているにちがいありません」

それを聞くとニコラ神父は、また涙を流して一同にあやまった。

「まあ、しかし、神父さんはなにもごぞんじなかったのだから……。それよりも、本物の真珠塔のありかですが……」

と、俊助がポケットから取り出したのは金コウモリの怪人に、あやうくうち殺されそうになった鈴江が、隅田川へとびこんだとき、手にしていたあの黄金の女神像である。

「ごらんなさい。この女神像の台座のうらにも8・4・1という数字がほってあります。それについてぼくには考えることがあるんですが、ちょっとみなさん、きてください」

と、三津木俊助がやってきたのは、いつぞやの十三番めの聖母像の前だった。その聖

母の胸に、時計の文字盤のようなものがとりつけてあることはまえにも書いたから、読者もよくごぞんじだろう。

「あのとき、われわれは時計の針を、八時、四時、一時とまわしたのでしたね。そうすると、この聖母像のしたに抜け穴の入り口があることがわかったのです。しかし、あれはまちがいじゃなかったのでしょうか。この女神像にほってある数字は、女神像をさかさにしなければ見えません。と、いうことは秘密の暗号は、8・4・1ではなく、1・4・8ではないでしょうか。ひとつ、やってみましょう」

三津木俊助はふるえる指で、時計の針をまず一時に、それから四時に、そして、さいごに八時にあわせたが、ああ、そのときだった。

聖母像の内部で、ギリギリという音がしたかと思うと、目にみえぬ着物のひだから、像の下半身が左右にわれていって、そこにさんぜんとひかっているのは、ああ、まぎれもなく本物の真珠塔ではないか。

「ばんざあい！」

探偵小僧の御子柴少年が、おもわず手をたたいて叫んだ。弥生のひとみからは滝のように涙が流れた。むろん、うれし涙である。

こうして金コウモリの怪人はほろび、真珠塔がめでたく弥生の手にもどったので、この物語もおしまいとするが、さいごにちょっとつけくわえておきたいのは、足の不自由な鈴江も、弥生にひきとられてたいへん幸福になったということである。

獣人魔島

死刑囚脱獄

昭和××年八月一日の朝のこと。

なにげなく新聞の社会面をひらいた人びとは、みな、いちようにアッとばかりに息をのんだ。

どの新聞の社会面にも、大きな活字で、でかでかと『死刑囚脱走』だの、『野にはなたれたトラ』だの、または、『危険にさらされた三芳《みよし》判事一家』だのという見出しが、読む人をおびやかすように出ていたのであった。

その記事の内容というのはこうである。

死刑をいいわたされて、小菅《こすげ》刑務所にとらえられていた、梶原一彦《かじわらかずひこ》という青年が、ゆうべ、看守のすきをうかがい、刑務所を脱走したきり、まだ、ゆくえがわからないというのである。梶原一彦はことし二十五歳であった。

ある私立大学を卒業した秀才だったが、生まれつき悪知恵にたけていて、ひとしれず悪事に悪事をかさねていたが、しまいには、じぶんの恩人ともいうべきおばを毒殺して、財産をよこどりしようとしたのがばれて、とうとうとらえられたのである。

梶原一彦のおかした罪には、すこしも同情できるところがなかった。

おば殺しだけでも、大罪人だのに、そのほかいろいろ悪いことがわかったので、この裁判をうけもった三芳判事は、世にもにくむべき大悪人として、なんのためらいもなく死刑をいいわたした。

ところが、自分の悪事を棚《たな》にあげたさかうらみから、死刑をいいわたされたとたん、梶原一彦は猛獣のようにたけりくるって、

「おのれ三芳判事め！　このうらみはきっとはらすぞ。おれは死なない。死刑になんかなるものか。いつかきっと脱走して、きさまはもちろん、きさまの一家をみな殺しにしてくれる」

と叫びつづけたというのである。

このことは、そのころ、新聞に報道されて、この大悪人のしゅうねんぶかさに、人びとは舌をまいておどろいたものである。

その大悪人の梶原一彦が、とうとう刑務所から脱走したというのだ。人びとが、ふるえあがって、恐れおののいたのもむりはない。

どうせ、とらえられれば死刑になる梶原一彦だ。

これよりもおもい刑罰はないのだから、やけになって、どんなことをやらかさないともかぎらない。じゃまになるとわかったら、かたっぱしから、人殺しをしてまわるかもしれないではないか。

こうして東京じゅう、いや、日本じゅうがビクビクして恐れおののいているなかでも、

もっとも大きな不安につつまれているのは、いうまでもなく三芳判事の一家である。

三芳判事の家は芝公園《しばこうえん》のそばにあり、家族は、判事の三芳隆吉《みよしりゅうきち》と、おくさんの文江《ふみえ》、そのあいだに由紀子《ゆきこ》という、ことし十三歳になる娘があり、そのほかに、おあきという主人おもいのお手伝い……と、以上四人ぐらしだが、梶原一彦が脱走したときいて、サッと不安の思いにつつまれたというのもむりはない。

警察でも、むろんすててはおかなかった。

梶原脱走ときくと、すぐに数名の警官を、三芳邸によこして、その内外を厳重に警戒させることになった。

しかし、どんな厳重な警戒でも、人間のことだから、いつかすきができるのではないか。そしてそのすきをねらって、あのしゅうねんぶかい梶原が、しのびこんでくるのではあるまいか。

こうして、三芳判事の一家は、いまや風前のともしびともいうべき、危険にさらされているのである。

今夜も今夜とて、三芳判事のうちのまわりには、警官が五、六名、厳重に見張りをつづけている。

三芳判事はきのうから、地方へ出張旅行をしているので、今夜、うちにいるのは、おくさんの文江と、由紀子、それにお手伝いのおあきの三人だけだが、そのほかに、るすばんとしてとまりにきているのが、探偵《たんてい》小僧の御子柴進《みこしばすすむ》少年だ。

御子柴進というのは、新日報社の給仕だが、ふしぎに探偵の才能があるところから、探偵小僧のあだ名がある。新日報社のベテラン記者、三津木俊助《みつぎしゅんすけ》の片腕となって、怪事件を解決したこともたびたびある。

進はもとこの近くに住んでいて、三芳判事にもかわいがられ、由紀子ともおさななじみなので、こんどのことが起こると心配して、毎日、見舞いにきていたのだが、三芳判事がるすになるので、きのうからここにとまっているのである。

「おばさんも、由紀子さんも、心配することはありませんよ。おまわりさんが、ああして、厳重に見張りをしていてくれるのだし、およばずながら、ぼくもここにいるのだから、気を大きく持っていてください」

進になぐさめられ、おくさんの文江は、ホッとため息をつき、

「ほんとにありがたいと思ってるわ、進さん。わたしねえ、このうちのことは心配しないのよ。みなさんが気をつけてくださいますからね。ただ、旅行中の主人のことが心配で心配で……」

「ほんとうに、おとうさんの身に、もしものことがあったら……」

と、由紀子も涙ぐむ。

進は、わざと元気よく笑って、

「由紀子さん、それこそ、とりこし苦労というものですよ。おじさんにはボデーガードとして刑事さんが三人、見えがくれについているはずです。梶原のやつが近づいたら、

それこそさいわいすぐふんづかまえて、こんどこそ逃がさないように、刑務所へぶちこんでしまいますからね」

「ほんとに、それだといいんですけれど……。いつまでもみなさんに、ごめいわくをおかけするのが心ぐるしくて……」

「しかし、警察では、それがつとめですもの。ぼくだって、新聞社につとめているんですから、ここにいるのも仕事のうちなんですよ」

「ねえ、進さん」

と、由紀子が不安そうにたずねる。

「きょうはもう八月の十五日でしょう。あれから二週間もたつのに、ちっともゆくえがわからないなんて、あの人、どうしたんでしょうねえ」

「ああ、それですがねえ。ぼく、ひょっとすると、あいつ、どこかでひとしれず、自殺したんじゃないかと思うんです。つかまったら、どうせ死刑ですからねえ」

「それだと、どんなにいいでしょうねえ。本人のためにもね」

おばさんはまた、ホッとため息をつく。

「まあ、そういうわけですから、そんなに心配することはありませんよ。さあ、もうねようじゃありませんか。おや、もう十時ですよ」

「あら、すみません。いつもおそくまで起こしていて……」

と、おばさんはお手伝いのおあきといっしょに、もういちど戸じまりを調べなおしてから、それぞれ、部屋へ帰ってねどこへはいったが、それから二時間ほどのちのこと。

一同がしいんとねしずまったころ、家のなかから、ふいに、カタリとかすかなもの音がしたかとおもうと、つづいて、カタコトと、ものをこじあけるような音が聞こえた。

どうやら、台所のほうかららしい。ネズミだろうか。

いや、いや、そうではなかった。

台所のあげ板をあげて、ぬうっと顔をだしたのは、ひげだらけの男。……いうまでもなく脱走死刑囚の梶原一彦だ。どこで手にいれたのか、ふるびた洋服にとりうち帽子をまぶかにかぶり、片手にピストル、片手に懐中電灯をふりかざし、すごい目つきで、キッと、あたりを見まわした。

ああ、大悪人の梶原は外から地下道を掘り、いま、この台所へぬけてきたのだ。

探偵小僧の機転

探偵小僧の御子柴進にはひとつの秘密がある。

それは、おばさんや由紀子、お手伝いのおあきがねるのをまって、ソッと起きだし、家のなかにいろんなしかけをしておくのだ。

その例のひとつをのべると、台所から茶の間へはいるドアをひらくと、うえから水をいれたバケツが落ちてきて、はいってきた人間が、いやでも水をかぶるばかりか、大きな音をたてるというしかけである。

そのほかにも、家のなかのこれはというところに、いろんなしかけをしておいて、なにごとも起こらずにすむと、それさいわいと、つぎの朝いちばん早く起きだして、ソッとしかけをかたづけておくのだ。

それは、おばさんや由紀子に、いらない心配をさせないためだ。

さて、その晩のこと。

ようやく、眠りかけていた進は、だしぬけに、けたたましいもの音に目をさました。ガラガラガッチャンとバケツのひっくりかえる音にまじって、ザーッと水の流れる音。

（そら、きた！）

と、さっとねどこのうえに起きなおった進は、まくらもとにつけっぱなしのままおいてある、懐中電灯をひっつかむと、

「おばさん、由紀子さん！」

と、小声で叫びながら、となりの座敷へとびこんだ。となりの座敷でも、おばさんと由紀子が起きなおって、まっさおになってがたがたふるえている。

「す、す、進さん、あのもの音、なあに？」

「きたんです、きたんです。だれかがしのびこんできたんです。さ、さ、はやく、まえから話しておいたとおりに……」

「進さん、進さん」

由紀子はおもわず進にとりすがる。その手は氷のようにつめたかった。

「だいじょうぶ、だいじょうぶ。すぐにはこちらへ、こられやしない。さ、さ、はやく、はやく！」

押し入れのふすまをひらくと、天井の板がずらしてある。進はふたりのからだを押し入れの上の段へ押しあげると、すぐにぴたりとふすまをしめる。

「おばさん、だいじょうぶ？　由紀子さんだいじょうぶ？」

「ええ、もう、だいじょうぶ。進さん、あなたもはやく逃げて……」

ふたりとも、天井裏へはいあがったらしく、がたごとと押し入れのなかの天井板をしめる音がする。

それを聞きすましておいて、進は、雨戸をひらいて庭へとびだし、パジャマのボタンにぶらさげてある、よびこの笛をふきながら、庭をぬけて、まっしぐらに裏木戸へ走った。見張りの警官を呼びいれるためである。

だが、そのあいだ大悪人の梶原は、いったい、何をしていたのだろうか。

茶の間へはいるドアを開いたとたん、頭のうえから落ちてきたバケツの水を、いやというほどあびせかけられた梶原は、ふいをつかれて、手にした懐中電灯を落とした。

「ちくしょう！」

ズブぬれになった梶原は、あわてて懐中電灯をひろおうとしたが、あいにく床に落ちたとたん、あかりが消えたのでどこにあるかわからない。

梶原はぐずぐずしてはおれなかった。さっきのもの音は、家の外まで聞こえたにちがいない。

家の外には警官が、ピストル片手に、見張りをしていることを知っている。

梶原は暗がりのなかを手さぐりで、茶の間へぬけだし廊下へ出たが、そのとたん、ねっとりとしたものに靴《くつ》を吸われて、おもわずまえにつんのめった。

進は廊下のあちこちに、とりもちをいっぱいいれた、浅い、ひらたいブリキのいれものをおいておいたのだ。梶原はいま、暗がりのなかで、そのとりもちのなかへ、片足をつっこんだのである。

「ちくしょう、ちくしょう！　だれがこんなしかけをしやあがった！」

梶原はバリバリ歯をかみならしながら、足をぬこうとするのだが、あせればあせるほど靴は吸いつく。もうこうなったら、靴をぬぐよりしかたがない。

ところが、梶原にとって運の悪いことには、かれのはいているのは、あみあげの靴である。短靴のようにかんたんにぬげない。

やっとのことで靴をぬぎ、二、三歩走りだしたところで、またもや、ずんでんどうと大きな音をたててひっくりかえった。

廊下に張りわたしてある綱に、足をひっかけたのである。

「ち、ち、ちくしょう！」

梶原はいよいよくやしそうに歯をかみながら、やっとのことで起きなおったが、そのとき聞こえてきたのは、よびこの音。それにつづいて、どやどやと警官たちのいりみだれた足音が近づいてきた。

「しまった、しまった、ちくしょうめ！」

梶原はしかし、それほど警官たちを恐れなかった。かれは死ぬかくごでいるのである。ただ、そのまえに三芳判事が、目のなかへいれてもいたくないほどかわいがっている、由紀子を殺してやろうと思っているのだ。

それも、ひとおもいに殺すのではあきたらなかった。できれば、いじめて、いじめて、いじめぬいたあげく殺してやらなければ、あきたらなかった。大悪人の梶原は、ヘビのようにしゅうねんぶかい男である。

それはさておき、梶原はやっと由紀子たちのねていた部屋をさぐりあてると、壁のスイッチをひねったが、ふたつのねどこは、むろんもぬけのからである。見れば雨戸もあいている。

まさか天井裏に由紀子とおかあさんが、息をころしてかくれているとは知らないから、てっきり、庭へ逃げたとおもいこみ、

「ちくしょう！　これでもくらえ！」

と、ふたつのねどこに一発ずつ、ピストルの弾丸《たま》をぶちこむと、身をひるがえして廊下へでた。

見ると座敷のすぐ横に階段があり、階段のそばにスイッチがある。大悪人の梶原は、

階段の電気をつけると、そのまま二階へかけあがる。そのとき、庭から警官たちが、座敷のなかへなだれこんできた。

「梶原、しんみょうにしろ」

「おとなしく刑務所へ帰れ！」

梶原はそんなことばを耳にもかけない。二階へあがって雨戸を開くと、うまいぐあいに外はものほし台である。梶原はその柱をつたわって大屋根へでる。

「あっ、大屋根へあがったぞ。梶原、もう逃げられないぞ！」

外を警戒していた警官が、おりからの月の光に梶原のすがたを見つけて大声に叫ぶ。

「なにを！　これでもくらえ！」

梶原は上からズドンと一発、警官めがけてぶっぱなす。

「こいつ、手向かいするか！」

手向かいすれば、うち殺してもいいという命令をうけている警官は、したからこれまたピストルをぶっぱなす。

梶原はその弾丸をよけながら、大屋根をはっていったが、そのとき、うしろから警官がふたり、これまた、ものほし台の柱をつたわって、大屋根へあがってきた。

「梶原、しんみょうにしろ！　おとなしく刑務所へ帰れ！」

梶原はやがて大屋根のはしへきた。うしろからは警官がピストルを身がまえたまま、じりじりとはいよってくる。大屋根から地上までは数メートル。うまくとびおりたところで、そこには警官がまっている。

絶体絶命の梶原は、血ばしった目であたりを見まわしていたが、ふとその目についたのは、三メートルほどはなれたところに、からかさのように枝をひろげている、ヒマラヤ杉の大木である。それを見ると梶原は身をしずめて、ぱっとその枝へとびついた。

「おのれ、梶原、逃げるか！」

屋根の上から警官が、ズドンズドンとピストルをぶっぱなす。

それをしりめに梶原は、ヒマラヤ杉の枝のうえで、すばやく、姿勢をととのえたかと思うと、またもや身をおどらせて、つぎの木へ……。

まえにもいったように、三芳判事の家は芝公園のすぐそばにあり、塀《へい》の外には公園の木がそびえている。だから、塀をはさんで三芳家の木と、公園の木が枝をまじえて、しげっているのだ。

大悪人の梶原は、サルのように枝から枝へとつたわって逃げているうちに、いつしか、三芳家の塀をのりこえ、公園のなかへはいりこんでいた。それと気づいた屋根のうえの警官が、

「しまった！　逃げるぞ！」

と、叫びながらぶっぱなした一発が、梶原のどこかに命中したのにちがいない。

「あっ！」

と、ひと声、悲鳴をのこして梶原は、カシの木のてっぺんから、二、三ど枝にひっか

かったのち、公園のなかへ落ちていった。

「ああ、梶原が公園のなかへ落ちたぞ！」

屋根のうえから叫ぶ警官の声に、庭を見張っていた三人の警官が、バラバラと裏木戸からとびだしていく。いまの乱闘のあいだに、すばやく洋服にきかえた進も、警官のあとから、走っていく。

ところが、こまったことには、その裏木戸は、いま梶原が落ちていった塀の外とは、ぜんぜん反対の方角についているのだ。だから、そこから梶原が落ちていった公園へはいっていくには、ぐるりと町をひとまわりしなければならない。

三分ののち、三人の警官と進は、梶原の落ちたところへかけつけたが、そこにはもう梶原のすがたは見えなかった。

梶原を屋根のうえまで追いつめた警官たちも、いそいで屋根からおりると、三芳家の塀をのりこえてやってきた。

「どうした、どうした。梶原はどこへいった」

「どこへいったか、すがたが見えないんです」

「すがたが見えないって、そんなばかなことがあるもんか。あいつはピストルに撃たれているんだ。それに、あの高い木のてっぺんから落ちたんだから、きっとけがをしているのにちがいない。遠くへは行かないだろう。みんなでさがしてみろ！」

巡査部長の命令で、みんなが手わけをしてさがしているところへ、ピストルの音を聞きつけて、近所の人がおおぜい起きてきた。その人たちにも手伝ってもらって、公園のすみからすみまでさがしてみたが、梶原のすがたはどこにも見えない。

探偵小僧の御子柴進は、リスのようにチョコチョコと、木のしたや石のかげをかけずりまわって、梶原のゆくえをさがしていたが、ふいにギョッと立ちどまった。

そこは三芳家から三百メートルほどはなれたところである。公園のすぐそばに、古ぼけた一軒の洋館がたっているが、その洋館の裏木戸の外に、ひとかたまりの血が落ちている。懐中電灯で調べてみると、その血はてんてんと、木戸のなかまでつづいているのだ。

「あっ、おまわりさん、きてください。ここに血のあとがついています」

進の叫び声に、ドヤドヤとおまわりさんがかけつけてくる。巡査部長は血のあとを見て、

「おお、それじゃ、梶原はこの家のなかへ逃げこんだんだな。いったい、これはどういう人のおうちですか」

「ああ、それは鬼頭博士《きとうはかせ》のおうちです」

おまわりさんといっしょにかけつけてきた、近所の人が答えた。

「鬼頭博士というと……？」

「有名な医学博士ですよ。なんでも、世界的な大学者だという評判です」

「ああ、あの鬼頭博士……」

巡査部長も鬼頭博士の名まえを知っているらしく、心配そうにそういったが、そのときまたもや進が大声で叫んだ。

「あっ、部長さん。木戸のなかで、うめき声が聞こえます！」

「なに、うめき声……？」

みんなが、ギョッとして耳をすますと、なるほど、木戸のなかからきれぎれに、かすかなうめき声が聞こえてくる。

「よし！　その木戸をひらいてみろ！」

巡査部長の命令に、おまわりさんのひとりが、こわごわ押してみると、木戸はかんたんに向こうへあいた。

おまわりさんはサッと一歩とびのいて、懐中電灯の光をむけたが、見れば木戸のすぐ裏がわに、男がひとりたおれている。

「あっ、あれは鬼頭博士の助手で、里見《さとみ》一郎《いちろう》という人です」

近所の人が木戸の外から叫んだ。

里見助手はパジャマのうえにガウンをはおって、足にサンダルをひっかけている。そして右のこめかみあたりから、血がタラタラとながれているのだ。きっと、さわぎをきいて裏木戸から外へでようとしたところを、とびこんできた梶原に、ガンと一撃くらったのだろう。

「里見くん、しっかりしたまえ。梶原は……あいつはどこへいった？」

里見助手を抱き起こして、巡査部長がたずねると、

「あっち……あっち……先生が……先生があぶない……」

それだけいうと、里見助手は気がゆるんだのか、そのままがっくり気をうしなった。

「先生があぶない……？　それじゃ、梶原が鬼頭博士を……？」

巡査部長はハッとして、あたりを見まわしていたが、ふと、台所があけっぱなしになっているのをみつけた。

梶原は、あの台所へ逃げこんだのか？

「よし、木村《きむら》くんと山口《やまぐち》くんは、ここで見張っていろ。ほかの者は、おれといっしょにこい」

探偵小僧の御子柴進は、気絶している里見助手のうしろから、こめかみのきずを調べていたが、やがて、ふしぎそうな顔をして巡査部長についていく。

台所からなかへはいると、広い廊下がつづいており、その廊下の右のほうから、かすかなあかりがもれている。巡査部長はじめ、みんなはしっかりとピストルをかまえながら、あかりのもれているドアの前までいったが、すると、またもやなかから、かすかなうめき声が聞こえてくるではないか。

巡査部長は足でドアをけってあけると、一歩さがって、キッとピストルをかまえたが、
そのとたん、みんなはおもわずあっと目を見はった。

そこは鬼頭博士の実験室なのだろう。壁にはがいこつがぶらさがっており、棚のうえ

にも二つ三つ、気味の悪い、しゃれこうべがならんでいる。

そして、フラスコや試験管などが、いちめんにひっくりかえった床のうえに、白髪のパジャマすがたの、年をとった紳士が、麻なわで手足をしばられ、手ぬぐいで、さるぐつわをはめられてたおれているのだ。

「あっ、あれが鬼頭先生です」

巡査部長といっしょにはいってきた、近所の人がまた叫んだ。さいわいにも、鬼頭博士は気をうしなってはいなかった。巡査部長の命令で、おまわりさんがいそいでさるぐつわをとり、なわをとくと、博士はよろよろと起きあがって、

「くせものが……、わしをしばって……、あの窓から……」

それだけいうと、ぐったりと博士は横のいすに腰をおとした。見れば実験室の窓があいており、そこから外へとびだすと、すぐむこうが表門だが、その門の戸はあけっぱなしになっていた。

そして梶原のすがたはもちろん、もうそのへんには見えなかったのである。

西へ行く三人

つぎの日の新聞でこのことが発表されると、東京じゅうの人びとは、ふるえあがっておどろいた。

さいわい、三芳判事の夫人も娘の由紀子も、ひどいめにはあわなかったけれども、大悪人の梶原は、まんまと逃げてしまったのだ。いつまた、どんなことをしでかすかもしれないと思うと、人びとは恐怖をおぼえずにはいられなかった。

それにしても、梶原はなんというしゅうねんぶかい男だろう。かれは芝公園のすみにある、戦争ちゅうに掘った横穴式の防空壕《ぼうくうごう》のあとから三芳家の台所まで、地下道を掘ってしのびこんだのだ。それと知ったときには、人びとはまた、ふるえあがって恐れた。

だが、こんどのことで、いちばん手柄をたてたのは、なんといっても御子柴進だ。もし進が、あんなしかけをしておかなかったら、大悪人の梶原は台所から寝室までしのびこみ、三芳判事の夫人や由紀子を殺したにちがいない。

そこで進は、警視総監や新日報社の社長からたいそうほめられ、また、旅行からかえってきた三芳判事にも、たいへん感謝されたのだが、どういうものか、進はなんとなく暗い顔いろだった。

「ねえ、由紀子さん。この横町に鬼頭博士という人がすんでるでしょう」

ある晩、進は由紀子にそんなことをたずねた。

進はあれからのちも、三芳家にねとまりして、そこから新日報社へかよっているのだ。

「ええ、このあいだ、あの人が逃げこんだお家でしょう」

「ああ、そう。あの鬼頭博士という人はどういう人なの」

「どういう人って？」

「ううん、こちらのおじさんと、なにか関係がある人なの？」

「あら、どうして？　べつにうちのおとうさんと、なんの関係もないわ。ただ、おうちが近いというだけのことよ」

「とってもえらい学者なんだってね」

「ええ、そう、世界的な大学者だって、いつかおとうさんもいってらしたわ」

「あのおうちには、先生と里見という助手の人と、ふたりきりしかいないの」

「いいえ、ばあやさんがひとりいるわ。でもあのばんは、親類の人が病気だとかで、ひとばん、おひまをもらって、とまりにいったんですって。もし、お家にいたら、どんなにこわかったろうって、うちのおあきにいっていたそうよ」

おあきというのは三芳家のお手伝いである。

「でも、進さん、どうしてそんなことおたずねになるの？　鬼頭博士がどうかなすって？」

「ううん、べつになんでもないけど……」

進は、いいかげんに、ことばをにごらしていたけれど、心のなかには深いうたがいをいだいているのだ。

里見助手のこめかみの傷は、そんなに深いものではなかった。二メートルちかい、がんじょうな体をした里見助手が、あれだけの傷で、気絶するというのはふしぎであった。

また梶原はなんだって、鬼頭博士をしばりあげたり、さるぐつわをはめたり、そんな手数のかかることをやったんだろう。これまた、ガンとピストルの一撃で気絶させたほうが、よっぽどかんたんではないか。

それに大悪人の梶原が、鬼頭博士の家から、ぜんぜんゆくえがわからなくなったのも気がかりだった。

ひょっとすると、梶原はまだあの家にいるのではあるまいか。そして鬼頭博士や里見助手は、わざと梶原にぶんなぐられたり、しばりあげられたようなまねをしていたのではあるまいか。

進には、そんな気がしてならないのだが、でもなぜ、世界的大学者といわれる鬼頭博士が、大悪人の梶原をかくまうのか……。

進には、そこまではわからなかった。

大悪人の梶原が、三芳家から逃げだしてから、きょうまで、もう七日になる。

そののちも、ひきつづいて三芳家にねとまりしている探偵小僧の御子柴進は、新日報社からの帰りがけに、鬼頭博士の家の前を通りかかって、おもわずギョッとした。

鬼頭博士の門の前に、自動車が一台とまっていて、いまその自動車にふたりの男が、大きなトランクをはこびこむところだった。

ひとりは運転手らしいが、もうひとりは、助手の里見一郎で、洋服のうえにレーンコートをきている。

「おっとあぶない。運転手くん、気をつけてくれたまえ。だいじなものがはいっているんだから」

「旦那《だんな》、なにがはいっているのか知りませんが、ずいぶん重うございますね」

「先生のだいじな実験材料がはいっているんだ」

そんなことをいいながらふたりが自動車のなかへ、大トランクをつみこんだところへ、門のなかから鬼頭博士がでてきた。

「里見くん、トランクはだいじょうぶかね」

と、鬼頭博士はそっとあたりを見まわしながら、ひくい声で助手にたずねた。

鬼頭博士はふさふさとした白髪を、肩のあたりまでたらして、口ひげとあごひげをはやしている。口ひげもあごひげもまっ白だ。そして黒い洋服のうえには、黒いマントをきている。

「ええ、先生、だいじょうぶですよ。では、ぼくはひと足さきにいって、緑の窓口できっぷを買っておきますから」

「列車は〝瀬戸〟だったね」

「ええ、宇野《うの》まで、まっすぐに行ったほうがよろしいでしょう」

「じゃ、よろしくたのむ。わたしは列車がでるまでには行くから」

「では、東京駅の改札口でお待ちしておりますから……」

「うん、里見くん。くれぐれもトランクに気をつけてな。だいじな実験材料だから」

「ええ、もうそれはだいじょうぶです。じゃ、おさきに……」

里見助手が自動車にのりこむと、すぐ自動車は走りだした。

鬼頭博士はまたそわそわと、あたりを見まわしていたが、やがて門のなかへ消えていった。

さっきから郵便ポストのかげにかくれて、そのようすを見ていた進の胸は、ドキドキしている。

鬼頭博士と里見助手は、こんや、旅行にでかけるらしい。列車は特急〃瀬戸〃で、行く先は宇野である。宇野というのは岡山県の南のほうにある。瀬戸内海に面した町で、そこから四国の高松《たかまつ》まで、連絡船がでることを、進も知っている。

鬼頭博士はなんだって、そんなところへ行くのだろう。いや、いや、それよりも、あの大トランクには、いったい何がはいっているのか……。

博士はひどく気にしていたが、ひょっとすると、あのトランクのなかに、脱走死刑囚の梶原がはいっているのではあるまいか。

探偵小僧の御子柴進は、なに思ったのか、三芳家へは帰らずに、そこから東京駅へかけつけた。

そして、宇野までのきっぷと特急券をかうと、〃瀬戸〃の発車時刻を待っている。時計を見ると、いま十八時だ。〃瀬戸〃のでるのは十九時二十五分だから、まだ一時間半もあいだがある。

進はそのあいだにハガキを二枚かいた。一通は由紀子に、一通は新日報社のベテラン記者、三津木俊助あてである。

どちらにも、ちょっと旅行をするが、心配はいらないと書いた。

やがて十九時。改札がはじまると、鬼頭博士と里見助手が改札口へあらわれた。トランクはチッキにしたとみえて、里見助手はなにももっていない。

鬼頭博士と里見助手はグリーン車にのったが、探偵小僧の御子柴進は、すぐそのとなりの普通車にのりこんだ。

やがて十九時二十五分。〝瀬戸〟は夜の闇《やみ》をついて、ゴトン、ゴトンと、西へ向かって走りだす。

ああ、それにしても、鬼頭博士と里見助手のあとを追って、特急〝瀬戸〟にのりこんだ御子柴進のゆくてには、いったいどのような事件が待ちかまえているのであろうか。


特急〝瀬戸〟が、終着駅の宇野へついたのは、あくる日の午前六時。

鬼頭博士と里見助手は、チッキにしたあの大トランクをうけとると、赤帽にてつだわせて駅まえの休憩所《きゅうけいじょ》へはいっていく。

探偵小僧の御子柴進も、そのあとをつけていくと、だれかを待つような顔をして、休憩所の軒下にたたずんだ。

ポケットに手をつっこみ、休憩所にせなかをむけて、口笛をふいているが、そのじつ、全身の神経を、休憩所のなかに向けているのだ。

いがいにも、休憩所では博士を知っているらしく、

「ああ、いらっしゃいまし。しばらくでしたね」

と、あいさつをしているのは番頭らしい。

「ああ、しばらく、またやってきたよ」

と、これは博士の声である。

「大きなトランクですね。こんどは長くおいでですか」

「ああ、先生はね、あの島でたいせつな研究をなさるので、こんどはそうとう長くかかるかもしれない」

そういう声は里見助手だ。

島……？　研究……？

進は、おやと小首をかたむける。

それでは博士はなにかの研究のために、こんなところへやってきたのか。どんな研究か知らないけれど、なぜ東京でやれないのか。どうしてこんな不便なところをえらんだのか。そして島とはどこにあるのだろう。

進の胸はたかなった。

「ああ、さようで……。それは、それは……」

番頭はいいかげんな返事をしているが、気のせいか進にはなんとなく気味悪そうなひびきがこもっているように思われた。

「番頭、船長はやってこなかったかね」

「いいえ。先生、船長さんにお知らせになっておいたんですか」

「ああ、電報をうっておいたんだが……」

「もうそろそろくるでしょう。だれかきてくれなきゃ、あのトランクに困ってしまう」

里見助手がつぶやいているところへ、向こうの町角から船乗りらしいかっこうの男が、のっしのっしとやってきた。

顔じゅうひげにうずまった、仁王《におう》さまのような大男で、マドロス帽に黒い毛糸のジャケツ、そのうえに油にそまった上着をひっかけ、口にはマドロス・パイプをくわえている。

この男のうしろから、背のまがった小男が、ちょこちょこ走りでついてくる。これもやっぱり船乗りらしいが、よわよわしい体で、黒ビロードのベレー帽に、黒ビロードの洋服を、まるで肉にくいいるようにぴったり着ている。

ふたりともあまり人相がよろしくない。ことに小男のほうが、女のようにやさしい顔をしていながら、口のはしにうすら笑いを浮かべているのが、いかにも気味悪く見える。

ふたりは休憩所の横までくるとなかをのぞいて、

「やあ、先生、おそくなってすみません」

と、大男のほうがぺこぺこ頭をさげる。

「船長、待たせるじゃないか」

博士はきげんが悪いらしい。

「もうしわけございません。とちゅうでエンジンに故障がおきたもんですから、お、おまえからもあやまってくれ」

「まあ、いい、なんでもいいからはいれ」

「へえ」

と、大男の船長はもういちど頭をさげると、

「小僧、じゃまだ、どけ!」

と、ドンとひとつき、進の肩をついたがなんとその力のつよいこと。

進はうしろむけに、休憩所のなかへすっとんで、いすにぶつかり、あおむけざまにひっくりかえった。体のしたでベシャッと、いすのこわれる音がして、進はそれきり動かない。

「あっ、あぶない!」

と、かけよったのは番頭と里見助手。

「船長、ひどいことするじゃないか。坊や、しっかりしろ。おや、この坊や、気絶しているらしいぞ」

里見助手が心配そうにつぶやいたが、進は、ほんとうに気をうしなったのだろうか。

いや、いや、そうではない。

進はわざと気をうしなったようなふうをしているのだ。

大男の船長につきとばされたのをこれさいわいと、気をうしなったようなふうをして、もうすこしようすをさぐろうと思っているのだ。そんなこととは気がつかず、

「番頭さん、これはいけない。すぐ医者を……」

と、里見助手があわてるのを、

「いいですよ、いいですよ、里見さん」

と、そばからなだめるのは小男だ。

「ほっときなさいよ。ただちょっと、うちどころが悪かっただけですよ。ほっといたら、いずれそのうちに気がつきますよ。先生、しばらく」

女のようにやさしい声だが、その声のそこには、ヘビのような冷たさがこもっている。

「アッハッハ、お小姓《こしょう》。おまえはあいかわらず、冷たい男じゃのう」

鬼頭博士はかえってきげんがよい。博士も、そうとう非情な人らしい。お小姓というのが小男のあだ名らしい。

「番頭、医者を呼ぶにもおよぶまいが、その長いすにでもねかせてやれ。なあに水でもぶっかければすぐ気がつくさ」

世界的学者といわれる鬼頭博士の、冷たいことばにおどろきながら、しかし、進はこれさいわいと、番頭と里見助手のなすがままにまかせていた。

「ときに船長、おきゃくさんはおとなしくしているかね」

「へえ、それはもう……、あばれたところでオリのなかに……」

「しっ！」

と、博士は叱《しか》りつけると、あわててあたりを見まわしたが、さいわい番頭はおくへ水をとりにいっていなかった。

「めったなことをいうもんじゃない。さいわい、あの小僧は気絶してるからいいようなものの……、里見そろそろ出かけようじゃないか。船長のやつは口がかるくていけない。船長」

「はい」

「おまえ、そのリヤカーをかりて、トランクを波止場《はとば》まではこんでくれ」

おくからコップに水をくんできた番頭は、みんなの出発の用意ができているのをみると、

「おや、もうお出かけですか」

「ふむ、そのリヤカーをかりていく。あとからだれかにかえしによこすから。これはリヤカーのかり賃だ。船長気をつけてくれよ。そのトランクには、だいじなものがはいっているんだから」

リヤカーにトランクをつんで、みんなが出ていくのを見送って、

「ああ、気味の悪い人たちだ」

と、つぶやきながらふりかえった番頭は、

「おや、坊や、おまえ気がついたのかい」

と、びっくりしたように目を見はる。

進は長いすのうえに起きなおって、いたそうに腰をなでながら、

「ああ、こわかった。おじさん、あれ、どういう人なの」

「なんだ、おまえ、気をうしなってたんじゃないのか」

「うん、ちょっと気がとおくなってたんだけど。……おじさん、あのなかでいちばんいばってたの、どういう人？」

「ああ、あの人はえらい学者だというんだが、ここから四十キロほど西にある、骸骨島《がいこつ》という無人島をかいとって、そこへ研究所をたてて、ときどき東京からやってくるんだが、なんの研究をしているのか、みんな気味悪がってねえ」

「どうして？　何が気味悪いの」

「そ、そ、そんなことはいえない。それより坊や、おまえこのへんで見かけない子だが、どこからやってきたんだ」

「ううん、ぼく、これから四国へわたるんだ。番頭さんすみませんでした。ご心配をおかけして……」

進はペコリと番頭に頭をさげると、風のように休憩所をとび出した。

トランクのなか

進は休憩所をとびだすと、駅の売店へいって瀬戸内海の地図をかった。

その地図で調べてみると、骸骨島というのは、宇野の西方四十キロ、水島灘《みずしまなだ》の沖合はるか、ちょうど本州と四国のあいだに浮かぶ、まわり六キロばかりの小さな島で、その島から四キロほどはなれたところに、白木島《しろきじま》という、これはかなり大きな島がある。

骸骨島――。

その名を聞くさえ気味悪い、瀬戸内海の無人島をかいとって、鬼頭博士はいったいなんの研究をしているのだろう。

さっき、鬼頭博士が船長に、

「おきゃくさんはおとなしくしているか」

と、たずねたとき、船長はなんと答えたか。

「それはもう……。あばれたところでオリのなかに……」

と、いいかけて、博士にしっと叱られたではないか。

それでは博士のきゃくというのは、オリのなかにとじこめられているのであろうか。

船長が口をすべらしたことばといい、番頭のあの気味悪そうなそぶりといい、さてはまた、気にかかるあの大トランクといい、なにかある、なにか大きな秘密があるにちがいない……。

そう考えると進は、胸がおどらずにはいられない。

よし、その秘密をどこまでもつきとめてやろうと、それからまもなく、進がやってきたのは船着き場だ。

むろん、そのころには博士の一行は、どこにもすがたが見えなかったが、そのかわり、進の目にうつったのは、

白木島ゆき連絡船発着場

と書いた立て札である。

「しめた！」

と、進は心のうちで叫んだ。

さっき地図で調べたところによると、白木島と骸骨島とは、四キロぐらいしかはなれていない。ひとまずそこへわたったら、なんとかして骸骨島へわたれるかもしれない。

しかも、白木島ゆき連絡船、白竜丸《はくりゅう》というのが、いままさに出発しようとするところであった。

進は大いそぎで、きっぷをかうと、白竜丸にとびこんだ。

白竜丸というのは五十トンたらずの小さなランチで、進が乗りこんだときには、ぎっちりきゃくがつまっていた。

やがて出発の合図とともに、白竜丸はポッポッポッポッと、白いじょうきをあげながら、波をけって出発する。

進はベンチに腰をおろして、丸窓からぼんやり外をながめていたが、となりにすわっ

ているふたりのひそひそ話が、ふと耳にはいった。

「また、あの気味悪い博士がやってきましたね」

「そうそう、わたしもさっき波止場で見かけましたよ。何か大きなトランクを持っていたじゃありませんか」

「ほんとうに。あのトランクにゃ、いったい何がはいっているんでしょう」

「それがね。みょうなんですよ。わたしがそばを通ると、なかから、うめき声のようなものが聞こえて……」

「しっ！」

ふたりの話し声はいっそうひくくなったので、進はもうそれより、聞くことはできなかったが、トランクのなかからうめき声と聞いて、おもわずハッと胸をおどらせた。

ああ、それじゃ、やっぱりあのトランクに大悪人の梶原がはいっているのではあるまいか。

白竜丸が白木島へついたのは、そろそろ日の暮れかげんのことだった。

新聞記者というものは、いつどんなことが起こるかわからないので、だれでも、ふだんからそうとうお金を持っている。

進は給仕だけれど、先輩の教えをまもって、いつもかなりのお金を身につけている。だから、白木島へついてもお金には困らなかったが、困ったことには白木島には旅館がないのだ。そこで、島の人に教えられて、千光寺というお寺でとめてもらうことになった。

千光寺のおしょうさんは了然《りょうねん》さんといって、六十歳ぐらいの人のよさそうな老人だった。

瀬戸内海のけしきを見るために、島から島へと旅行するのだという進の話をほんきにして、了然さんはいろいろと、珍しい話を聞かせてくれたが、

「ねえ、おしょうさん。このとなりにある島は、骸骨島というんですってね。どうしてそんな気味の悪い名まえがついたんですか」

と進にたずねられると、

「うん、あれか」

と、おしょうさんはちょっとまゆをひそめて、

「あれはな、昔、あの島から骸骨がぞくぞくと掘りだされたことがあるので、それでそういう名がついたのじゃ。たぶん、昔あの島は、このへんいったいに住む人たちの、墓場になっていたんだろうというんだがな」

「ながく無人島になっていたんですって」

「ふむ。そりゃ、そんな気味の悪い骸骨が掘りだされるような島だから、だれもこわがって住まなんだのじゃ」

「でも、近ごろ東京から、えらい学者がきて、住んでいるというじゃありませんか」

「おまえ、だれからそんなこと聞いた」

「連絡船のなかで聞いたんです。そして、いろいろあの島には、気味の悪いことがあるというじゃありませんか」

「いや、いや、そんなことといっちゃいけない。いいかな、坊や、あの島のことはわすれておしまい。あの島には、わしにも、わけのわからぬ、えたいのしれぬことがある。おまえ、けっしてあの島へ行ってみたいなどと思うんじゃないぞ」

しかし、これではことばと反対に、進の好奇心をあおっているようなものである。

そのあくる日、進は浜べへ出て、なんとかして、向こうに見える骸骨島へわたるくふうはないものかと、海のうえをにらんでいたが、するとポンと肩をたたいたのは、釣《つ》り道具をもった、漁師らしいおじいさんである。おじいさんはニコニコしながら、

「東京からきた坊っちゃんとは、あんたのことかな。何をそんなに考えてるんじゃね」

「ああ、おじいさん。ぼく、たいくつだから、海のうえへ出てみたいと思ってたんですよ。おじいさん、釣りにいくなら、連れてってください」

「アッハッハ。そうか、そうか、それじゃいっしょに行こう。わしも連れがあったほうが楽しみじゃ」

おじいさんはじぶんの舟に、進をのせて漕《こ》ぎ出したが、骸骨島がだんだん近くなってくるにつれて、進の胸はたかなった。

骸骨島……。

ああ、それはなんといういやな島だろう。島には、一本の木もはえてなく、ゴツゴツ

としたはげ山が、まるで白骨のような白い地肌をさらしている。

「おじいさん、あれが骸骨島なの？」

と、進がたずねると、

「しっ、そんなことをいっちゃいけない。な、おねがいだからあの島のことはいうてくれるな。わしは名まえを聞いてもゾッとする」

おじいさんは一生けんめい、骸骨島のそばを漕ぎぬけようとしていたが、そのときだ。

「ウォーッ！」

と、いうものすごい叫び声が聞こえてきたので、進はギョッとして、そのほうへふりかえったが、そのとたん、全身の血もこおるばかりの恐ろしさをかんじたのである。

すぐ目の前に横たわる、骸骨島の絶壁に、きみょうな動物がつっ立って、こちらをにらんで叫んでいるのだ。

人か、獣か……。

それはまるでゴリラのような動物だった。

「あっ、おじいさん、おじいさん。あれは、なんなの？　ゴリラみたいなやつが、岩のうえに立ってるよ」

「見ちゃいけない、見るとたたりがあるよ」

「たたりがあるってどういうの？」

「なにか悪いことが起こるということだ。さあ、なんでもいいから、はやくここを漕ぎぬけよう」

　おじいさんは、必死になって舟を漕ぐ。

　舟はみるみるうちに絶壁から遠くはなれていったが、進がふりかえると、人か魔か、ゴリラのような怪物は、まるで舟のあとを追うように絶壁から絶壁へとつたわっていたが、やがてすがたは見えなくなった。

「ああ、こわかった。おじいさん、あれ、いったいなんなの。サルなの？　人間なの？」

「わしにもなんだかわからん。しかし坊や、あの島のことはあんまりいうんじゃないよ。あの島には悪いやつが住んでいるんだからな」

「悪いやつって、おじいさん。あの島にはえらい学者が住んでいるっていうじゃないの」

「学者でもなんでも、悪いやつは悪いやつだ。船長だのお小姓だのと、悪いやつばかり部下にしている人間に、ろくなやつがあるはずがない」

「おじいさん、船長だの、お小姓だのって、そんな悪いやつなの？」

「ああ、悪いやつだとも、まえに海賊みたいなことをしていたやつだ」

　世界的大学者ともあろう鬼頭博士が、なんだってそんな悪い人間を部下にしているのだろう。そんな人なら大悪人の梶原をやっぱりかくまっているのではなかろうかと、進はいよいよ胸をおどらせた。

「だから、坊や、あの島のことは、あんまりかまわないほうがいいよ。いまにきっと、あの島には何かよくないことが起こるにちがいないと、みんないってるんだからな」

「うん、うん。おじいさん、あんな気味の悪い怪物のいる島だもの、ぼく、なんにもかまやあしないよ」

口でははっきりそういったものの、進は心のなかで、どうしても、骸骨島へわたっていって、鬼頭博士の秘密をさぐってやろうと考えた。

その日は一日、おじいさんが釣りをするのを見てすごしたが、日ぐれごろ白木島へ帰ってくると、子どもがおおぜい波うちぎわで、いかだを浮かべてあそんでいる。

「あっ、おじいさん。あの子たち、あんなにいかだをこさえてどうするんですか」

「ああ、あれか。あれはちかく竜神さまのおまつりがあるんでな。そのときには島の子どもらが、みんないかだにのって、沖のほうまで竜神さまのおみこしのおともをするんだ。だから、いまからああして、けいこをしているんだよ」

「あんないかだで、沖のほうまで、でられるんですか」

「でられるとも。一キロや二キロなら、わけはないさ」

それを聞くと、進は心のなかでしめたと叫んだ。

島の子どもにのれるのなら、じぶんにだってのれないはずはない。

その晩、千光寺へ帰った進は、つかれたから早くねますと、おしょうの了然さんにことわって、晩ご飯がすむとすぐに、じぶんの部屋にひきさがった。

そして、ねどこへはいってねたふりをしていたが、十時ごろ、了然さんがねるのを待って、こっそりねどこをぬけだした。

すばやく身じたくをととのえると、台所へ行って、大きなにぎりめしを五つ六つこしらえた。いざというときの用意である。

それから寺をぬけだして、浜べへきてみると、夕がた見たいかだがたくさんつないである。

そのなかから、一番じょうぶそうなのをえらんでとびのると、つないであった綱をときはなし、そなえつけのかいをとりあげる。いかだはすぐに岸をはなれて、ゆらりゆらりと波にのってながれだした。

さいわいその夜は月夜だったので、あかりの心配はいらなかった。海のうえはギラギラと、銀をちりばめたようにかがやいている。その海の向こうにくっきりと、骸骨島が浮かんでいるのだ。

進はなれない手つきで、かいをあやつっていたが、そのうちに、潮のながれが、白木島から骸骨島のほうへ向かっていることに気がついた。そうわかれば、なにもあせってかいを漕ぐことはない。潮のながれにまかせておけば、いかだはしぜんに骸骨島へながれるのだ。

進はかいをひきあげると、いかだのうえに、ごろりとあおむけにねそべった。そして、しばらく月をながめていたが、ああなんというだいたんさ、いつのまにか、うつらうつらと眠ってしまった。

それからどれくらいたったのか、いかだがドシンとなにかにのりあげたので、進はハッと目をさました。見ると、そこは小さな入り江で、向こうに見える桟橋《さんばし》にランチが一そうつないである。

いったい、ここはどこだろう。しゅびよく骸骨島へながれついたのだろうかと、進が目をこすって、キョロキョロあたりを見まわしているとき、入り江のおくのはるかかなたから、ひと声たかく聞こえてきたのは、

「ウォーッ」

と、いう恐ろしい叫び声だ。それを聞くと進は、おもわずハッとした。

その叫び声こそは、きょうひるま聞いた、あの怪獣の叫びではないか。してみると、ここはやっぱり、骸骨島なのだ。そして向こうに見えるランチは、鬼頭博士と里見助手が、船長やお小姓といっしょにのってきた船にちがいない。

腕時計を見ると十二時半、白木島から骸骨島まで、潮にのってながれるのに、二時間あまりかかったらしい。月はもうよほどかたむいていた。

進はいかだから、波うちぎわへとびうつると、ひと目につかぬ岩かげまで、いかだをひっぱっていって、そこにつないだ。

それから地上をはうようにして、桟橋のところまできてみると、そこから砂浜をこえて、その向こうに坂道がつづいている。進がその坂道へさしかかると、またしても、二声、三声、つづけざまに、

「ウォーッ！　ウォーッ！」

と、ものすごい叫び声が聞こえてきた。

まるで、腹の底までしみとおるような叫び声で、島ぜんたいが、その叫びに恐れおののいているようだった。

進は心をおどらせて、坂道をかけのぼって、岡の上までやってきたが、そのとたん、おもわずあっと叫んで立ちすくんだ。

進が立っている岡から、浅い谷一つへだてた山の中腹に、まるで西洋のお城のような家がたっている。物見台のような高い塔。あつい石の塀《へい》。まるい屋根や、三角の屋根がかさなりあって、まるで、おとぎ話の絵のようだ。

おもいがけないところで、おもいがけない建物にぶつかったので、進はしばらく、あっけにとられて立ちすくんでいたが、そのとき、またもや聞こえてきたのは、

「ウォーッ！　ウォーッ」

と、たけりくるう怪獣の声。しかも、その声はまぎれもなく、あのきみょうなお城のなかから聞こえてくるのだ。進はそれを聞くと、ぐずぐずしてはいなかった。

人目につかないように、ものかげから、ものかげへとつたわりながら、谷をこえ、坂をのぼると、うまくお城の塀の外までしのびよった。

黒衣の人びと

怪しい叫び声は、ますますものすごく聞こえてくる。

それはどうやら、塀のなかにそびえている、右手の塔のてっぺんから聞こえてくるらしいのだが、その叫び声のものすごさから考えると、怪獣はよほど、なにか怒りくるっているらしい。

進はなんとかして、なかへしのびこむくふうはないものかと、塀のぐるりをまわってみたが、アーチ型の大きな門には、どっしりとした木の扉《とびら》がしまっている。

がっかりしながら、なおも塀をつたわっていくと、やがて、ひとところ、ツタのつるが、塀一面に、網の目のようにはっているのを発見した。

「しめた!」

進が、ためしに、つるをひっぱってみると、そのじょうぶなことといったら、はりがねのようである。つるに手をかけると、スルスルスルと、まるでサルのように塀をのぼりはじめた。身のかるい進は、こういうことが、なによりも得意なのだ。

やがて、塀のてっぺんまできて、ひょいとなかを見おろした進は、おもわずギョッとして息をのんだ。

怪獣の叫びはいつのまにやらやんでいたが、その叫びが聞こえていた右手の塔のふもとから、いましも、たいまつをともした、黒いかげがゆっくりでてきた。

そいつは、頭からすっぽりと、三角形の黒いずきんをかぶっていて、からだにも、だぶだぶの黒い服をきている。ずきんには目のところだけ、二つの穴があいていて、だぶだぶ服の胸に、なにやらマークがついているが、遠くのこととて、そのもようまでは見えなかった。

さて、たいまつをともした男のうしろから、おなじような服をきた四人の男がでてきたが、見るとかれらは、みこしのように、横に細長いオリをかついでいて、オリのなかにはだれかが、あおむけにねているらしい。

この四人のうしろから、また、おなじような服をきた男が、たいまつをかかげて出てきたが、その男のからだつきから、あの小男であることがはっきりわかった。

そうだ。その男こそ、ヘビのように冷たい、お小姓という男にちがいない。そうすると、先頭に立っているたいまつの男は、船長ではあるまいか。

さて、右手の塔からでてきた一行は、しずしずとして、中庭を横ぎると、正面に見える大きな建物のなかへはいっていった。

進は、このふしぎな光景に、まるで夢でも見ているような気持ちだったが、一行のすがたが見えなくなると、すぐ、塀の内がわへおりていった。塀の内がわにも、ツタが一面に生えているのだった。

進は庭へおり立つと、すばやくそれをつっきって、いま六人の男がはいっていった、建物の入り口までしのびよったが、うまいぐあいに、ドアはまだあいたままだった。

進はあたりに気をくばりながら、ひらりとドアのなかへすべりこんだ。

ドアのなかはまっ暗だが、耳をすますと、遠くのほうから、ガヤガヤ話し声が聞こえてくる。その声のようすからして、そうとうおおぜいの人がいるらしい。

無人島とまでいわれるこの島に、これほどおおぜいの人間がいるというのはどういうわけか。いよいよもって怪しいのは鬼頭博士だ。博士はこんな島で、いったい何をしているのだろう。

それはさておき、声をたよりにまっ暗な廊下をつたわって行くと、まもなく、向こうのほうにあかりがもれている。進はネコのように、足音もたてず、あかりのもれているところまでしのんでくると、そっとなかをのぞいたが、そのとたん心臓の鼓動がとまるほどおどろいた。

そこは十メートル四方もあるかと思われる大広間で、天井には五つ六つのランプが、あかあかとつるしてある。そのしたで、三十人ほどの男が、あるものは立ち、あるものはいすに腰をおろして、ガヤガヤと話をしている。どの男も、みんなさっき見た、六人とおなじように黒いずきんに黒いだぶだぶ服をすっぽりきている。

しかも、さっきはよく見えなかった胸のもようは、しゃれこうべのしたに骨を十文字にくんだマークではないか。

進は、この気味悪い光景にしばらくわれをわすれて見とれていたが、やがてハッと気をとりなおすと、見つけられては一大事と、ドアの外の暗闇にうずくまって、きっと聞き耳をたてていたが、そのとき、なかから聞こえてきたのは、

「なあ、しょくん。われわれにはたしかにボスがいるんだ。われわれの親分も、われわれにさしずができる、偉大なボスをもとめている。それでなければ、われわれがめいめいかってに、どんなに悪事をはたらいたところで、とても大きな仕事はできないからな」

「そうだ、そうだ。そのとおりだ。小さい悪事なら、このおれだって、だれにもひけをとらないが、世間をあっといわせるような大仕事となると、とてもひとりずつの力ではいけない。われわれの力をあつめて、ひきずってくれる、えらいボスが必要なんだ。ところで、そのボスをこんや鬼頭先生が、われわれのために作ってくださろうというんだ。とにかく、待ちどおしいじゃないか」

進はそれを聞くと、ゾッとした。

ここにいる三十人ばかりの男は、みんなそれぞれ悪人なのだ。しかし、ひとりずつでは大きな仕事ができないから、じぶんたちを指揮してくれる人物をもとめている。しかも、その人物を鬼頭博士が作ろうというのだが、いったい、人間を作ろうというのは、どういうこととか……。

「しかし、そんなことがうまくいくかな」

と、そのとき、部屋のなかから、また、べつの声が聞こえてきた。

「人間の脳をえぐりとって、類人猿の頭のなかにうえつける。……そんなことが、ほん

とうにできるだろうか」

進は、またおどろいた。人間の脳を、類人猿の頭にうえつける……？　それはいったいどういうことか。

「そこが先生のえらいところだ。先生ときたら、世界でも有名なえらい学者だからな。その学者がながいことかかって研究した結果だもの、うまくいくんじゃないかと思うよ」

「もし、それがうまくいくと、すばらしいわれわれのボスができるわけだな」

「そうとも。その人は類人猿のつよい力と、それから悪事の天才ともいうべき、すぐれた頭をもった人になるんだからね」

「ところで、類人猿の頭にうえつける脳の持ちぬしだが、それは、いったいどういう人だね」

「なんだ、きみはまだそれを知らないのか。その人は梶原一彦といって、悪事にかけては、このうえもない大天才だよ」

梶原一彦と聞いて、進はまたハッとした。

「その人は、いまのままでも、われわれのボスになるには十分なほど、悪知恵にたけた人だそうだが、ただすこしからだがよわいのでね。それで、その人の脳をとって、ゴリラの頭にうつすんだ。これが、うまく成功すると、頭脳もからだもすばらしい、悪事の天才ができあがるというわけだ」

あまりに奇怪な話に進は、悪い夢にうなされるような気持ちだったが、そのとき、ま

たしても、階上から、

「ウォーッ！　ウォーッ！」

と、たけりくるう怪獣の声が聞こえてきた。それを聞いて、部屋のなかから五、六人がどやどやと、廊下へとびだしてきた。

「しまった！」

と、口のなかで叫んだ進は、ここでつかまっては一大事と、身をひるがえして暗い廊下を、あてもなく逃げだしたが、そのとき、ゆくてからいそぎ足に近づいてきたのは、たいまつの光である。

「しまった！」

と、ふたたび口のなかで叫んだ御子柴進。

うしろからはドヤドヤと、入りみだれた足音が追っかけてくる。前からはたいまつの光が近づいてくる。しかも、かくれる場所はどこにもない。

進は、前にもあとにも進めなくなってしまった。

進は、暗がりのなかで、追いつめられたけだもののように、キョロキョロあたりを見まわしていたが、何を思ったのか、いきなりからだをななめにたおした。

さいわい、その廊下は、はばがせまく、約一メートル半ばかり。進が両手と両足をのばしてふんばると廊下に橋をかけるように、たっぷり身長がとどくのだ。

進はかたほうの壁に足をふんばり、全身をうつむけにたおして、反対がわの壁に両手をつっぱると、小きざみに、すこしずつ上へのぼっていく。

進は身がかるく、こういうことにかけては、軽業師《かるわざし》みたいなのだ。

一メートル、二メートル、三メートル……およそ四メートルちかくも、進が、壁をつたわってのぼったところへ、前からきたたいまつと、あとから追っかけてきた覆面の男たちが、進の橋のしたでばったり出あった。

「どうした、どうした、お小姓さん。あの叫び声はどうしたんだ」

どうやらうしろから追っかけてきた覆面の男たちも、前からやってきたたいまつの男も、進がそこにいるとは気がつかなかったらしい。

「ああ、きみたち、はやく来てくれたまえ。ゴリラがあばれだしたんだ」

そういう声はたしかにお小姓、たいまつを持っているすがたもあの小男である。

「なに、ゴリラがあばれだした。それじゃ麻酔《ますい》がきかなかったのか」

「ふむ、ふつうの二倍も注射しておいたんだが……、とにかく、はやくきてくれたまえ」

「よし！」

お小姓のあとについて、覆面の男が五、六人ひとかたまりになって走っていく。

進はまだあとから、だれか来るかとようすを見ていたが、さいわいだれも来るようすもないので、すばやく壁をすべりおりると、たいまつの光を追っていく。

そのあいだも、怒りにくるった怪獣のものすごい叫び声が、たえまなく聞こえ、そのあいまには、物をぶつける音、たおす音、うろたえさわぐ人びとの、悲鳴や叫び声がいりまじって、お城のなかはたいへんなさわぎだ。

たいまつの光は城内の、後部にある階段をのぼっていく。進は気づかれぬよう、適当の距離をおいてつけていく。さいわい、どこもかしこもまっ暗なので、すがたを見られる心配はなかった。

たいまつの一行は階段をのぼると、正面に見える観音びらきのドアのなかへ、ドヤドヤとなだれこんだが、すると、さわぎはいよいよ大きくなった。

「それ、はやくクサリでしばってしまえ！」

「組みつかれると、首ねっ子をへし折られるぞ！」

そんな叫び声にまじって、

「ウォーッ！　ウォーッ」

と、怒りにくるった怪獣の声と、ドスンバタンと、大あばれする物音が、ドアのなかからもれてくる。

そのうちに、ドスンとだれかがたおれたような物音がしたかと思うと、

「しめた！　はやくクサリでぐるぐる巻きにしてしまえ！」

と、そういう声は鬼頭博士だ。

つづいて、ガチャガチャとクサリの音、人びとのかけずりまわる足音が、ひとしきりつづいたかと思うと、あとはきゅうに静かになった。

暗がりのなかにうずくまった進の心臓は、早鐘《はやがね》をつくようにおどっている。

さっき階下で聞いたふしぎなことば……。

大悪人梶原一彦の脳をとって、ゴリラの頭にうえつける……。

そして、頭脳もからだもすばらしい、悪事の天才をつくりあげる……？　そんなことがはたしてできることだろうか？

進はこっそりと、暗がりのなかからはいだして、ドアのそばへはいよった。そして鍵《かぎ》穴《あな》に目をあてると、そっとなかをのぞきこんだが、とたんに、あっと息をのんだ。

まるで大嵐《おおあらし》に見まわれたように、取りちらかした部屋の中央、ちょうど鍵穴の正面の柱に、太い鉄のクサリでがんじがらめに、しばりつけられているのは巨大な怪獣、ゴリラである。ゴリラは目をいからせ、きばを鳴らし、フーフーと、あらい息づかいをしながらも、おりおり、また、

「ウォーッ！　ウォーッ！」

と、怒りにみちた叫び声をあげている。

ゴリラのまわりには黒ずくめの服に覆面の男が、十人ばかり立っているが、そのほかに、白い手術着に手術帽をかぶった男がふたりまじっていた。いうまでもなく鬼頭博士と里見助手だ。

そして、その向こうには、大きな手術台が二台ならんでいるが、そのうちの一台のうえに寝ころんでいるのは、たしかに大悪人の梶原だ。梶原は死んでいるのか、眠っているのか、あのさわぎにもかかわらず、人形のように身動きもしない。

「ああ、骨を折らせやがった」

と、そうつぶやいたのは、世界的大学者といわれる鬼頭博士だ。小男のほうをふりかえって、

「これというのもお小姓、おまえがいけないんだぞ。おれがあんなにいっておいたのに、注射の量をかげんするからだ。おかげで十六号は、ゴリラに首ねっ子を折られて死んだじゃないか」

どうやら黒ずくめの服に覆面の男たちは、番号で呼ばれることになっているらしい。そして、そのひとりがいまのさわぎで、死んだらしいのだ。そういえば、手術台のしたから、二本の足がのぞいている。

「すみません。これからは気をつけます」

小男はペコペコ頭をさげている。

「これから気をつけたってはじまるもんか。十六号は生きかえりゃしないぞ」

そうどなりつけたのは大男の船長だ。

「まあいい、まあいい。出来たことはしかたがない。十六号はひそかにほうむっておいてやれ。それより、このゴリラを眠らせることがだいいちだ。おい、里見くん」

「は、はい。……」

「なんだ、里見くん。きみはふるえているのかい、アッハッハ。そんな気の弱いことでどうするんだ。これから、世界的な大実験をしようというのに。さあ、はやく、このゴ

リラに注射をしたまえ」

「は、はい。しょ、しょうちしました」

そろいもそろった悪人たちのなかで、この里見助手だけは、やさしい心を持っているらしい。

かすかにからだをふるわせながら、太い注射器をとりだすと、ゴリラの腕に注射をする。

ゴリラはまた、ものすごくたけりくるったが、太いクサリでがんじがらめにしばられているので、身うごきもできないのだ。

ゴリラはしばらく歯をむき出し、身をもみにもんで怒っていたが、しだいにその勢いがよわまっていくと、やがてぐったり首をうなだれた。どうやら眠りにおちたらしい。

進は手に汗にぎり、かたずをのんでこのようすを見ていたが、そのときだ。だしぬけに頭のうえから、

「この小僧!」

と、われがねのような声が降ってきたかと思うと、うしろからむんずと首ねっ子をつかまれた。

博士の訊問《じんもん》

「しまった！」

と、叫んだがもうおそい。気がつくと進のうしろには、いつのまにやってきたのか、黒ずくめの服に三角ずきんの男がふたり、ずきんの穴から目をひからせて立っているのだ。

「この小僧、どこからやってきやがった」

「先生、先生。へんな小僧がしのびこんでおりますぜ」

ふたりの男の叫び声に、なかからドアをひらいたのは、大男の船長である。ずきんの穴から、進の顔を見ると、

「やあ、こいつは宇野の休憩所にいた小僧じゃないか。さてはこいつ、おれたちのあとをつけてきやがったな。おのれ、こうしてくれる」

と、ばかりに、船長はグローブのような大きな手で、進の首をしめようとする。進の背すじには、さっと恐怖の戦慄《せんりつ》がはしったが、いいぐあいに、鬼頭博士がそれをおしとめた。

「船長、船長、殺すのはよせ。それより、その小僧に聞いてみなければならんことがある。小僧、こっちへ来い」

「は、は、はい……」

進はもうだめだとかんねんした。この悪人たちは、人殺しなんかなんとも思っていないのだ。じぶんはきっとここで殺されてしまうだろう。

鬼頭博士はすごい目で、ギロリと進の顔をにらむと、

「おお、なるほど、こいつはたしかに宇野の休憩所へとびこんできた小僧だな。しかし、待てよ。それよりまえにおれはどっかでこの小僧を見たことがある。里見くん、きみは思い出さないかね」

「は、は、はい」

里見助手はふしぎそうに進の顔を見ていたが、きゅうにハッとしたように、

「あっ、き、きみは東京の新聞社の小僧……？　あ、そうだ、そうだ。そこにいる梶原が、おれんところへとびこんできたとき、警官といっしょにやってきた小僧だな」

鬼頭博士はあきれたように、進の顔を見ていたが、きゅうにサッと怒りの色をあらわすと、

「やい、小僧。きさま、新聞社の命令で、おれたちをつけてきたのか」

ああ、これが世界的大学者といわれる人の、つかうことばであろうか。

「い、い、いいえ。そ、そうじゃありません。ぼくが勝手に、じぶんの考えでつけたんです」

「じぶんの考えで……？　それじゃ、おまえは梶原が、おれのところにかくれているのを知っていたのか」

「いいえ、はっきり知っていたわけじゃありませんが、そうじゃないかと思ったんです」

「それで、おまえそのことを、新聞社に報告したのか」

「いいえ、まだ。……だって、たったいままで梶原がいっしょかどうかはっきりわからなかったんですもの」

「ふうん、それで、おまえどうしてこの島へやってきた」

「ぼく、宇野から連絡船で、となりの島までわたったんです。それから今夜、いかだでこの島へながれついたんです」

「ふうん。それじゃだれもおまえがこの島に、きていることは知らないんだな」

「はい」

そう答えてから進は、おもわずしまったと心のなかで叫んだ。そのとたん、鬼頭博士の目のなかに、恐ろしい殺気がほとばしるのを見たからだ。

「先生、先生。それだけ聞けばもう用はないでしょう。ひと思いに殺してしまいましょうか」

大男の船長は、またグローブのような手で、進の首をひっつかむ。

「まあ、待て。しめ殺すのはかわいそうだ。それより穴ぐらへほうりこんで、生きるか死ぬか、運を天にまかせてやれ」

「そう、そう、それがいいですよ。ただしあの穴ぐらへほうりこまれちゃ、万にひとつもたすかる見込みはありませんがね。イッヒッヒヒ」

気味の悪い声で笑ったのは、あのヘビのように残忍《ざんにん》な、小男のお小姓である。

「お小姓。きさま、よけいなことをいうな」

「へえへえ。やい、小僧、こっちへ来い」

「ああ、先生、かんにんしてください。ぼくだれにもこんなこと、しゃべりません。いのちだけはたすけてください」

進は必死となって抵抗する。しかし、小男のお小姓と、大男の船長に抱きすくめられては、それこそ、ワシにつかまれたスズメもおなじこと。お小姓と船長は泣き叫ぶ進を、部屋の片すみまでひきずっていくと、床のあげぶたをひきあげた。

と、見れば、そのあげぶたのしたには、まっ暗なたて穴があいていて、底のほうから冷たい風がふきあげてくる。

「あっ、たすけてえ！　人殺し――！」

進は、必死になってもがいている。見るに見かねてうしろから、かけよったのは里見助手だ。

「あっ、ちょ、ちょっと待ってください。そんなひどいことをしなくても……。先生、先生、おねがいです。どうかこの少年をたすけてやってください」

「里見くん」

鬼頭博士は怒りのために、まっ赤な顔をしている。

「きさまはこのおれを裏切る気か。小さいときから育ててやった、このおれの恩をわすれて裏切る気か」

「先生、すみません。しかし、なんぼなんでも、このような小さい子どもを……」

「船長、お小姓、いいからその小僧を、穴ぐらのなかへたたきこめ！」

ああ、なんという残酷なことばだろう。なんという、鬼のような博士だろう。この人には、血も涙もないらしい。

「へえ、ようがす。やい、小僧、かくごをしろ！」

大男の船長に、力まかせに背なかをつかれ、

「あああ！」

と、恐ろしい悲鳴をのこして、進はまっ暗な穴ぐらのなかへ落ちこんだ。

ああ、進はそのまま穴ぐらの底へ落ちこんで、木っ端みじんとくだけただろうか。いいや、しょくん、安心したまえ。そうではなかったのだ。

その穴ぐらのなかには、ななめにすべり台のようなものがついていて、そのうえを、進はどこまでもどこまでも、すべり落ちていくのである。ああ落ちてしまった。この穴ぐらへ落ちこんでは、どうせいのちはたすからない。

里見助手は身ぶるいしながら、穴ぐらのなかをのぞいていたが、そのときだ。うしろから、やにわにお小姓が背なかをついたからたまらない。

「あっ！」

と、叫んで里見助手も穴ぐらのなかへ落ちこんでいく。

これには鬼頭博士もおどろいて、いそいでそばへかけよった。

「先生いいですよ。あんななさけ心をもったやつをのこしておいちゃ、いつか先生の身

の破滅になりますさあ。手術の助手なら、わたしと船長でつとまりますからね。イッヒッヒッヒ」

ああ、なんという冷酷さ。ヘビのような男とは、このお小姓のことをいうのだろう。

まっ暗な闇のすべり台を、どこまでもどこまでもすべり落ちていくうちに、探偵小僧の御子柴進は、フウッと気がとおくなって、それきり、何がなにやらわからなくなってしまった。

それからどのくらいたったのか……。

まっ暗闇のなかに身をよこたえて、夢うつつのさかいをさまよっていた進は、だしぬけに、

「きみ、きみ、しっかりしたまえ。気をたしかにもちたまえ」

と、やさしい声でゆすぶられて、ハッとわれにたちかえった。

進はいそいで床のうえに起きなおると、キョロキョロあたりを見まわしたが、なにもわからぬ闇のなか、むろん、あいての顔もかたちもわからない。

「だ、だ、だれですか。あなたは……?」

進の声はふるえている。

「ぼくだよ。鬼頭博士の助手の里見というものだ」

進はそれをきくと、ギョッとうしろへそりかえる。さっきのあの恐ろしい光景がまざ

まざと頭のなかによみがえってきたからだ。

そのけはいをさっしたのか、里見助手は早口で、

「きみ、きみ、なにもこわがることはない。ぼくもきみとおなじように、悪人たちの手にかかって、この穴ぐらへたたきこまれたのだ」

と、そういいながら、闇のなかを、進のほうへにじりよってくる。

進は半信半疑で、なおもうしろへ身をひきながら、

「そ、それはほんとうですか」

「うむ。きみをかばおうとしたのが、悪人たちの気にいらなかったんだ」

「すみません。それじゃぼくのために……」

「いや、きみのためばかりじゃない。まえからぼくは先生に、あんな悪人たちといっしょに仕事をするのはよしなさいと忠告していたんだ。それがあいつらの気にさわっていたんだね」

「鬼頭先生のようなえらい学者が、なんだって、あんな悪者の仲間になったんです」

「ああ、それをいま話してあげよう。だけどそのまえに、きみの名まえはなんというの」

「ぼく、御子柴進というんです」

「新聞社は、どこの新聞社？」

「新日報社です」

「ああ、そう。ときに御子柴くん、きみ、マッチなんか持ってやあしないだろうね」

なしたことがない。

「ぼく、いつも懐中電灯をもっているんですけれど」

進は、いついかなるばあいでも、うわぎのポケットから、万年筆がたの懐中電灯をはなしたことがない。

進がいそいでポケットに手をやると、天のたすけか、懐中電灯はクリップでポケットのふちにひっかかっていた。こころみにボタンを押すと、パッとあかるい円光のなかに、里見助手の顔が浮きあがる。

「ああ、ありがたい。あかりがあるのとないのとでは、気持ちのうえでずいぶんちがう。ちょっとその懐中電灯をこっちへかしたまえ」

進の手から懐中電灯をうけとった里見助手は、ぐるりとあたりを照らしたが、そのとたん、進はおもわず、

「キャッ!」

と、叫んで里見助手にしがみついた。

進はけっして、臆病者《おくびょうもの》ではない。しかし、どんなに勇かんな少年でも、そのとき、進が見たような光景をだしぬけに見せつけられたら、きっと肝《きも》をつぶすにちがいない。進と里見助手のまわりには、気味の悪い骸骨が、山のようにつんであるのだ。

いや、いや、進と里見助手のふたりは、おりかさなってたおれている、たくさんの骸骨の前にすわって話していたのだ。

「里見さん、里見さん。こ、これはいったいどうしたんですか。ここにある骸骨は、い

ったいどういう人たちですか」

里見助手もあまりものすごいあたりの光景に、しばらく息をのんで目を見はっていたが、やがてひたいに吹きだした汗をふくと、

「いや、いや、御子柴くん、これはなにも心配なことはないんだ。この島は昔、まわりの島々の墓場になっていたということだ。この島には水もすくなく、土地も悪くて住めないので、まわりの島で人が死ぬと、この島へもってきてうずめたんだね。だから、ここにある骸骨はみんな遠い昔に死んだ人たちなんだ」

「し、しかし、里見さん」

と、進はまだふるえ声で、

「こ、ここにあるこの骸骨には、頭をぶちわられたあとがありますよ」

里見助手も、その骸骨に目をとめると、

「ああ、それはきっとうえにいる、悪者どもに殺された人たちにちがいない。あいつらは人を殺して金をうばうと、死体をはだかにしてこの穴ぐらへほうりこむのだ。そうすると、いつか死体がくさって骨になり、ほかの骸骨と見わけがつかなくなってしまうんだ」

進はそれを聞くと、あまりの恐ろしさにふるえあがった。ああ、それではじぶんたちもここでうえ死にして、いつかあのようにあさましい骸骨になってしまうのか……。

進がそういうと、里見助手もうなずいて、

「そうだ、それがあいつらのねらいなんだ。われわれがうえ死にしたころを見はからい、うえからおりてきて、着物をはぎとっていくのだろう。骸骨になってしまえば、だれがだれやら、わからないからね」

「いやです、いやです。ぼく、こんなところで死ぬのはいやです」

進はおもわず叫んだ。

「それはぼくだっておなじことだ。だからわれわれは力をあわせ、なんとかしてここを抜け出すくふうをしよう。ときに御子柴くん、きみの腕時計は何時だね」

「いま十時です」

「ぼくの時計もおんなじだ。われわれがここへつき落とされたのは、ま夜なかの一時すぎのことだったから、われわれは九時間ほど気をうしなっていたことになる。それじゃもう、うえでは手術もすんだろう」

里見助手はそうつぶやくと、さも恐ろしそうに身ぶるいする。

「里見さん、里見さん。その手術とはどういうことですか。さっき聞いたところでは、梶原の脳をとって、ゴリラの頭にいれかえるとか……」

「そうなんだ。先生は動物実験で、みごとそれに成功されたんだ。だからこんどは人間で、実験しようとしていられるんだ。これが成功すると、すばらしい頭脳をもちながら、結核やガンにおかされて、いまにも死にそうになっているひとたちの脳をぬきとり、強い、たくましいからだをもった人間にうえかえる。そうすれば、すばらしい頭脳をもった人たちは、いつまでも元気でいられるとおっしゃるんだ」

「しかし、それでは強いからだをもった人間はどうなるんです」

「だから、先生もお困りになった。そこで人間のかわりにゴリラを使うことになったんだが、さて、そのゴリラの頭にうえつける脳だ。むやみに人間の脳を抜きとるわけにはいかんから、弱っているところへとびこんだのが、大悪人の梶原だ。梶原はつかまったら死刑になる男だ。だから、それを実験の材料に使おうと、眠り薬で眠らせて、はるばるこの島まで連れてきたんだ」

「し、し、しかし、里見さん。そ、そんなことができるのですか」

「できるんじゃないかと思う。げんに、動物実験では成功したんだ。ある二匹の動物の脳を抜きとり、それをいれかえたところが、どちらもりっぱに生きていたんだ。だから、ぼくは恐れるんだ。梶原のあの悪の天才ともいうべき脳が、ゴリラの体内でよみがえったら……」

　進はそれを聞くと、全身の血がこおりつくような恐ろしさを、かんじないではいられなかった。ああ、そうなったら梶原にねらわれている由紀子の一家はどうなるのか……。

大悪人の再生

それはさておき、進や里見助手にとっては、まずこの穴ぐらを抜けだすことがなによりもたいせつな仕事だった。

ふたりは懐中電灯で、くわしくあたりを調べてみたが、地下ふかく掘りさげられたその穴ぐらは、四方をかたい岩にとりかこまれて、どこにも抜け出す口はない。

ただひとつ、出入りのできる抜け道は、あのすべり台しかないのだが、それは約十メートルほどもあり、しかも傾斜がきゅうなので、それをはいのぼろうなどとは思いもよらない。ふたりは四つんばいになり、いくどかのぼろうとこころみたが、ものの五メートルものぼらぬうちに、つるつるしたへすべり落ちてしまうのだ。ふたりはまもなくへとへとにつかれて、べったりそこへすわってしまった。

「御子柴くん、懐中電灯は消しておこう。こうなったらあかりがなによりたいせつだ」

「はい」

懐中電灯を消して、暗がりのなかにすわっていると、心ぼそさと同時に、空腹をかんじはじめた。進は思い出したように腰に手をやったが、さいわい、べんとうをつつんだふろしきは、まだそこにぶらさがっていた。

「ああ、里見さん。ここににぎり飯があるんですけど、食べませんか」

「えっ、にぎり飯？　きみが持ってきたの」

「ええ、ぼく用意してきたんです。里見さん、懐中電灯をつけてください」

懐中電灯の光のなかで、進が竹の皮のつつみを開くと、大きいにぎり飯が六つある。

「ここに水も用意してきました。ひとつ食べてください」

「それはありがとう。しかし、御子柴くん」

「はい」

「われわれは、いつまでもここにいなければならぬかもしれないから、水も食べ物もできるだけ倹約しよう。このにぎり飯を半分ずつ食おうじゃないか」

「はい、では、そうしましょう」

一つのにぎり飯をふたつにわって、半分ずつたべてしまうと、ふたりともいくらか元気が出てきた。そこでまたすべり台をのぼろうとするのだが、なんべんやっても同じこと、まるでアリ地獄に落ちたアリのように、もがいても、あせっても、ズルズルしたへすべり落ちてしまうのだ。

そうして、その日はすぎた。いや、その日ばかりではなく、そのつぎの日もつぎの日も、すべり台をのぼろうとしては失敗し、がっかりしては暗闇のなかにすわっていた。

さいわい水は岩のあいだからしみ出しているのを発見したので、のどがかわくようなことはなかったが、にぎり飯はもうすっかり食べつくしたので、ふたりとも、おなかがぺこぺこにすいていた。

「御子柴くん、こんなことをしてちゃいけない。なんとかして、ここを抜け出さなきゃならないが、それにはひとつの方法を思いついた」

「方法って、ど、どんなことですか」

「ここにある骸骨をすべり台にそってつんでいくのだ。そして、それを階段にして、すこしでもうえにのぼってみよう」

ああ、それはなんという恐ろしい、気味の悪いことだろうか。

しかし、いまはそんなことをいっている場合ではない。ふたりはせっせとすべり台にそって骸骨をつみはじめたが、そのときだ。

だしぬけにうえのへんから、すさまじい叫び声が聞こえてきたかと思うと、すべり台のうえのあげぶたがあき、そこからだれか、すべり台のうえを矢のようにすべってきた。

「あっ、あぶない」

ふたりがさっと左右にとびのいたせつな、ガラガラとつみかさねた骸骨のうえへすべり落ちてきたのは、なんと白い手術着をきた鬼頭博士ではないか。

「あっ、先生」

里見助手はおどろいて、鬼頭博士を抱き起こしたが、そのとたん、なんともいえぬ恐ろしさに、里見助手も進もおもわず悲鳴をあげてとびのいた。

鬼頭博士はものの見ごとに、首ねっこをおられて死んでいるのだ。しかし、恐ろしいのはただそればかりではない。だれかが怒りにまかせてかきむしったように、鬼頭博士のその顔は、人相のみわけもつかぬほど、くちゃくちゃにくずれているのだ。進は全身の毛が、ゾッとさかだつのをおぼえた。

「ああ、いけない!」

里見助手は目をつぶると、

「先生の手術は成功したにちがいない。大悪人梶原の脳は、ゴリラの頭のなかで生きかえったのだ。梶原は気がついてみると、じぶんがゴリラにされているので、怒りにまかせて先生を殺してしまったのだ」

それを聞くと、進は、この世のできごととも思われぬ、あまりの恐ろしさに歯の根ががたがたあわなかった。

「里見さん、里見さん。それでゴリラになった梶原が、このちどうするでしょうか」

「それはいうまでもない。まずだいいちに、三芳判事に復讐《ふくしゅう》しようとするにちがいない。それから、こんごこの島にあつまっている、日本じゅうの悪人という悪人を手下につけ、悪事のかぎりをつくすだろう」

ああ、そんなことになったら、由紀子はどうなるだろう。いやいや、危険なのは由紀子ばかりではない。ゴリラにされた大悪人の梶原が、やけくそになってあばれまわったら、なにをしでかすかしれたものではない。危険といえば、だれもかれも危険なのだ。

「とにかく御子柴くん。もういちど骸骨をつみなおして、このすべり台をのぼってみよう」

それはとてもやっかいで、むずかしい仕事であった。生きている人間とちがって、こわれやすい骸骨だから、うっかり力をいれてふんばると、すぐガラガラとくずれてしまう。しかし、それをやっとひとつずつ、うまくつみかさねていって、八、九メートルほどはいのぼると、

「しめた！　御子柴くん、ぼくに肩車をして、あげぶたをしたから押してくれたまえ」

「はい」

いわれるとおりに進が、里見助手の肩にのって、あげぶたをそっと押してみると、さいわい、なんなく外へ開いた。

こうなるとしめたものだ。身のかるい進は、ひらりとうえへとびあがると、すぐ手をのばして里見助手をひっぱりあげる。そして、あらためて部屋のなかを見まわしたが、そのとたん、ふたりとも、ギョッと目を見はってあとずさりした。

ああ、なんということだ。手術台のうえには、脳をぬかれた大悪人、梶原の死体がよこたわっているではないか。

いや、いや、梶原のからだは死んだけれど、あの悪の天才ともいわれる脳は、ゴリラの頭のなかに生きているのではあるまいか。

そのしょうこには、ちょうどそのころ、骸骨島をはなれていく、百トンあまりの小さな汽船のデッキのうえに、怪しい影がつっ立って、まじろぎもせずに島のほうをながめていた。その影は、まっ黒なずきんにだぶだぶの黒いガウンを着ていたが、ガウンのそでやすそからのぞいている、その手や足はたしかに人間ではなかった。いやらしい、毛むくじゃらのゴリラの手や足なのだ。ゴリラになった梶原は、島にのこしたじぶんのからだに、こうしてなごりをおしんでいるのではあるまいか。

その左右には大男の船長と、小男のお小姓がうやうやしくすわっている。

ああ、こうして大悪人の梶原は、ゴリラとなって再生したのだ。あやういかな三芳判事とその一家！　由紀子の身のうえにはどのような災難がせまってくることだろうか。

イヌの遠ぼえ

御子柴進がすがたを消してから、きょうでもう二十日あまりになる。

心配した、進のつとめている東京の新日報社ではあらゆる手をつくしてゆくえをさがしたが、どこへ行ったかさっぱりわからなかった。

進が東京駅から、三津木俊助と由紀子にだしたハガキは、それぞれ手もとへとどいたがそれにも、ちょっと旅行をするとだけしか、書いてないから見当もつかない。

なにしろ日に何万人、いや、何十万人という人が、乗ったり降りたりする東京駅だ。そのなかから、ひとりの少年のたよりを聞きだそうとするのはまったくむりである。

この進のゆくえについて、いちばん心をいためているのは、由紀子をはじめ、三芳判事とおくさんの文江だが、ほかにもうひとり、進のことを、たいそう心配している人がある。

いうまでもなくそれは、新日報社の三津木俊助。三津木俊助というのは、新日報社きっての腕きき記者で、いままでに、警視庁でも持てあましているような怪事件、難事件を、みごと解決したことが、なんどあるかしれないが、そんなとき、いつも俊助の片腕となってはたらくのが、探偵小僧の御子柴少年だ。

その御子柴進が、とつぜんゆくえ不明になったのだから、俊助の心配は、ひととおりや、ふたとおりではない。

これまでの事情から推理して、進がゆくえ不明になったのは、大悪人の梶原が、あれきりすがたをかくしたのと、なにか関係がありそうに思われる。

そういえば、進も進だが、大悪人の梶原は、そののちいったいどうしたのだろう。警視庁では全国に手くばりをして、やっきとなってさがしているのだが、いまもって、ぜんぜんゆくえがわからない。

わからないのもどうりである。大悪人の梶原は、もうそのじぶん、鬼頭博士の手によって、ゴリラにされていたのだから。

しかし三津木俊助は、そんなこととは夢にもしらない。三芳判事のところへいけば、なにかたよりが聞けるかもしれないと、こんやもこんやとて、芝公園のそばにある、判事のうちをおとずれたが、判事もおくさんの文江も、また、梶原にねらわれている由紀子も、ただおろおろと気をもむばかりで、いっこうになんの手がかりもつかめない。

がっかりした俊助が、三芳判事のうちを出たのは、もうかれこれ一時ごろ、こんやは空がくもっているので、外はまっ暗である。

俊助は三芳判事のうちをでると、公園のなかを抜けていくことにした。そのほうが、ところどころに街灯がついているので、かえって明るいのである。

夜ふけのこととて、公園のなかにはむろん人かげもない。遠くのほうでときどき電車の走る音が聞こえるが、そのほかには物音とてもなく、あたりは海の底のように、しいんとしずまりかえっている。

俊助は足をはやめて、公園のなかほどまでやってきたが、そのときだ。

とつぜん、公園の出口のほうで、けたたましくイヌのほえる声が聞こえた。

しかも、それが一匹ではない。二匹、三匹、四匹、五匹……。すくなくとも五匹のイヌが、気がくるったようにほえているのだ。

俊助はおもわずハッと、暗がりのなかに立ちすくむ。あのイヌのほえかたはただごとではない。ひょっとしたら梶原が、公園をぬけてやってくるのではあるまいか。

はたしてイヌのほえ声は、だんだんこちらへ近づいてくる。それにまじって、

「ちくしょう！」

だの、

「あっちへいけ！」

だのと、にくしみにみちた、男のふとい声が近づいてくる。

俊助はすばやく木かげに身をかくしたが、そのとたん、五匹のイヌにとりかこまれた、怪しいすがたが街灯のあかりのしたにあらわれた。

それは頭からすっぽりと、まっ黒なとんがりずきんをかぶり、からだには、これまたまっ黒なガウンをきた人物だが、その歩き方というのがふつうではない。

まるで地をはうようにとんできたそのかっこうが、ゴリラにそっくりだ。しかも、街灯のしたまできて、すっくと立ちあがり、じだんだふみながら、大手をひろげたその手さきをみて、さすがの三津木俊助も、おもわずゾーッと全身に、あわだつのを感じずにはいられなかった。

なんと、ガウンのさきからのぞいている、あの気味の悪い毛むくじゃらの手……。それはあきらかに人間の手ではない、指ではない。サルの手なのだ。ゴリラの指なのだ。

おまけにずきんにあいているふたつの穴からのぞいている、あの両眼のものすごさ。これまた人間の目ではなく、あきらかに野獣の目つきである。

それでは、ゴリラがずきんをかぶり、ガウンで毛むくじゃらのからだをつつんでいるのであろうか。しかし、それにしては、さっきイヌどもにむかって、あっちへいけだの、ちくしょうだのと叫んでいたのは、いったいだれだったのだろう。

怪物は五匹のイヌにとりかこまれ、ものすごい目をひからせながら、両手をさしあげ、じだんだふみ、怒りにみちたうなり声をあげている。それをとりまく五匹のイヌが、いよいよますます、まるで気がくるったようにほえたてる。

俊助は手に汗をにぎって、この異様な光景をみつめていたが、そのときだ。とつぜん、五匹のイヌの一匹が、怪物の、のどめがけてとびかかった。

と、そのとたん、

「おのれ！　このやろう！」

ああ、なんと、ゴリラが口をきいたではないか。

さすがごうたんな俊助も、びっしょり全身に汗をかき、なにかしら、悪い夢にでもうなされているような気持ちだった。

いっぽう、怪物は、とびかかってきたイヌのしっぽをわしづかみにしたかと思うと、きりきりきりきりと宙にふりまわす。

「キャーン……、キャーン……」

イヌはふた声ばかり、悲しそうな声をたてたが、それきり声もでなくなったのは、目をまわして、気が遠くなったのだろう。怪物はそのイヌを、いやというほど大地にたたきつけると、イヌはそれきり動かなくなってしまった。

この勢いにのこりの四匹は、さすがに恐れをなしたのか、すこしばかりあとずさりして、しかし、それでもまだ気がくるったようにほえている。

怪物はずきんのおくから、ものすごい目で四匹のイヌをにらみながら、

「おのれら、しょうこりもなくまだくる気か。くるならこい。かたっぱしから八つざきにしてくれる！」

怪物が両手をひろげたとたん、四匹のイヌが同時にサッととびかかったが、

「おのれ！」

と、ゴリラが叫ぶのと、

「キャーン」

と、一匹のイヌが悲鳴をあげるのと、ほとんど同じしゅんかんだった。なんと、怪物はイヌのうわあごとしたあごに両手をかけ、バリバリとひきさいて、大地にたたきつけたのだ。

これには三津木俊助も、ゾーッと総毛立《そうけだ》つような恐ろしさをかんじたが、イヌたちも恐れをなしたか、しっぽをまいて逃げだした。

と、それといれちがいに、

「ボス、ボス、どうしました」

と、声をかけながら小走りに、怪物のそばへ近よってきた者がある。

「おお、お小姓か」

と、さすがに怪物も息をはずましている。

三津木俊助は知らなかったけれど、それこそ探偵小僧の御子柴少年を、死の穴ぐらへつき落とした、あの小男のお小姓なのである。

「ああ、ボス……」

と、さすがのお小姓も、そこによこたわっている、むごたらしい二匹のイヌの死体に目をとめると、ゾッとしたようにとびのき、

「イヌをやっつけたんですね」

「ふむ、あまりうるさくほえつきやがるので……」

「それにしても、大した力ですね。ところでボス、どこもけがは……?」

「ふむ、腕をすこしかみさかれた」

みればなるほど、だぶだぶのガウンの袖がかみさかれて、そのしたから、毛むくじゃらの腕がのぞいている。それをみると俊助は、またゾーッとした。

ああ、ゴリラが口をきく。いったい、これは夢ではないのか。

「ボス、こんやはあきらめて帰りましょう。イヌの声をききつけて、人がくるといけませんから、復讐《ふくしゅう》はいつでもできます」

復讐――と聞いて、俊助はおもわずドキリと息をのむ。

「だって、お小姓、せっかくここまできたものを……」

「いけません、いけません。こんやはなんだかえんぎがわるい。ボスの身に、もしまちがいがあったら、骸骨《がいこつ》団の連中が、どんなにがっかりするかしれません。さあ、傷の手当ては自動車のなかでしましょう。はやく、はやく……」

「まあ、待て。それじゃ、イヌの死体のしまつをしていこう。人に怪しまれるといけないから」

それを聞くと俊助は、そっと木かげをはなれて、暗がりのなかを足音もなく、公園の出口までできてみると、はたしてそこに自動車がとまっている。

さいわいだれも乗っていない。自動車のうしろについている、トランクのふたを開くと、これまたさいわい、からっぽだった。俊助はあたりを見まわし、すばやくトランクのなかへしのびこんだ。

ああ、大胆不敵な三津木俊助。かれはこうして、はからずも怪物の、あとをつけてみようとしているのだ。

それはさておき、イヌの死体もかたづいたのか、それからまもなく怪物とお小姓が、公園のなかからでてくるとすぐ自動車に乗って出発する。

トランクのなかの俊助は、いったい、どこをどう走っているのかけんとうもつかない。こうして半時間、自動車はどうやら目的の場所へついたらしい。

俊助も怪物とお小姓が、自動車をでて、なにやら小声で話しながら、立ちさるけはいを聞きさだめてから、そっとトランクのふたを開いた。

それから、あたりのようすに気をくばりながら、トランクからはいだそうとしたが、そのとたん、やわらかいキレのようなものが、頭のうえからかぶさってきて、あたりがまっ暗になったと思うと、

「イッヒッヒ、飛んで火にいる夏の虫とはこいつのことだ。とうとう罠《わな》にかかりゃあがった」

あざけるようなお小姓の声。

しまった！　と、心のなかで叫んだ俊助が、必死となってもがいたが、もうそのときはおそかったのだ。頭からすっぽり袋をかぶせられた俊助は、つよい力でずるずると、トランクのなかからひっぱりだされた。

「きさまはいったい何者だ」

頭のてっぺんから足のさきまで、すっぽり袋につつまれた俊助は、いま米だわらのように床にころがされている。

そこは三十じょうもしけるかと思われる、コンクリートでかためた広い部屋である。その部屋の正面は、一段高くなっていて、そこに、さきほどの怪物が、ゆうぜんといすに腰をおろしている。そして、その左右にひかえたのは、大男の船長と小男のお小姓である。

袋づめの俊助は、そのだんのしたにころがされているのだが、そのまわりには、怪物とおなじ服装をした連中が、三十人あまりも、いすに腰をおろしたり、あるいは、立ってぶらぶらしている。

胸についたどくろのマーク。それにいちいちナンバーがうってあるところからみれば、いつか探偵小僧の御子柴少年が、骸骨島でみた連中にちがいない。

「いったい、きさまは何者だ」

袋づめの俊助に向かって、そう声をかけたのは、あのヘビのように、いんけんなお小姓だ。

俊助はそれに対して、答えようか、答えまいかと考えている。お小姓はニヤリと残忍な笑いを浮かべると、

「おい、七号、そいつに答えられるようにしてやれ」

と、俊助のそばに立っている男に合図をする。

「はっ」

と、答えた七号は、ポケットから、万能ナイフをとりだすと、なかからきりをひきだして、それを袋のうえからつきさした。きりはちょうど俊助の、のどの前につきだした。

「おい、ボスがおたずねだ。しんみょうに返事をしろ、返事をしないと……」

きりのさきが、チクリと俊助ののどをさす。

「あっ、ま、待ってくれ」

「答えるか」

「答える……」

「ふむ、よし」

小男のお小姓は、ニヤリと笑って、

「いったい、きさまは何者だ」

と、さっきとおなじことを聞く。

「新聞記者だ」

「なに、新聞記者だと……?」

怪物とお小姓、それから大男の船長の三人は、ギョッとしたように顔を見あわせて、

「いったい、なに新聞の記者だ」

と、お小姓がせわしそうにきく。

「新日報社だ」

「なに、新日報だと……？」

うめくようにつぶやいて、怪物のボスが身をのりだした。

「それじゃ、きさまは御子柴進という小僧を知ってるか」

そうたずねたのはお小姓だ。

「な、な、なに御子柴進だと……？　それじゃきみたちは、探偵小僧をどうかしたのか」

「おお、あいつは探偵小僧というあだ名があるのか。その探偵小僧はな」

「おお、その探偵小僧は……？」

「ここから遠い、遠いところにある、人もすまぬ無人島の骸骨のいっぱいつまった穴ぐらで、いまごろはもううえ死にしているじぶんだ」

「なに、探偵小僧がうえ死に……？」

「おお、そうだ。きさまはなんという名だ」

「三津木俊助……」

「よし」

と、お小姓は一同を見まわして、

「しょくん。この三津木俊助という新聞記者が、こんやわれわれを尾行してきたのだ。われわれの秘密をすこしでも、知ったものをすてておけぬ。この男にいったい、どのような刑罰をくわえたものだろう」

お小姓のことばもおわらぬうちに、黒ずくめの服装をした覆面の部下たちが、

「死刑だ、死刑だ」

と、いっせいに叫んだ。

水葬礼《すいそうれい》

隅田川《すみだがわ》の下流、小田原町《おだわらちょう》から佃島《つくだじま》へかかっている橋を、かちどき橋という。

深夜の二時すぎ。

むろん橋のうえには人かげもなく、隅田川の両岸や、東京湾のあちこちに、いかりをおろしている大小さまざまな汽船から、まっ暗な水のうえに落ちるともしびの色がさびしい。

空には星も月もなく、波の音がしだいに高くなってくるところをみると、嵐が近づいたのかもしれない。

ボーボー……。

と、東京湾の沖から、ひと声、ふた声、汽笛の音が聞こえたが、それがまっ暗な空に消えていくと、あとはまたもとのしずけさ。聞こえるものといっては、橋げたにうちよせる波の音ばかり。

と、このしずけさを破って、とつぜん一台の自動車が、佃島のほうからすべるように、かちどき橋のうえにやってきた。

橋のらんかんのところには、明るい街灯がとりつけてある。自動車はできるだけその街灯の光をさけるようにして、橋のなかほどにぴたりととまった。

と、思うと、客席のドアを開いて、そっと顔をだしたのは、つばのひろい帽子をかぶり、マスクで目をかくした男だ。

男は自動車のなかから、そっと橋のあとさきを見まわすと、

「七号、だいじょうぶのようだな」

と、ひくい声でささやいた。

「ふむ、だいじょうぶだとも、この時間だもの」

そう答えたのは運転台でハンドルをにぎった男。この男も黒いマスクでまゆから鼻のうえまでかくしており、マスクにあいた二つの穴から、ゆだんなくあたりのようすをうかがっている。

「よしそれじゃ、はやいことやっつけよう。七号、手つだってくれ」

「よし、十八号、はやくその荷物を車のなかからひきずりだせ。おれがあたりを見はっていてやる」

そういいながら七号は、すばやく運転台からとびおりると、あたりのようすに気をくばっている。かれらはたがいに名まえをいわず、番号で呼びあうことにしているらしい。

「よし」

と答えて十八号も、自動車からとびおりると、これまたあたりのようすに気をくばり

ながら、ずるずるとひきずりだしたのは、人間のかたちをした麻袋。いうまでもなく、袋のなかの人間とは新日報社の三津木俊助である。

「七号、いいな」

「だいじょうぶ、だいじょうぶ。人のこぬうちにはやく、はやく」

「よし、それじゃ頭のほうをもってくれ、おれが足のほうをもつ」

「ふむ、よし」

十八号と七号は、袋づめになった俊助の頭と足をかかえると、自動車のそばをはなれて、橋のらんかんに走りよる。

俊助は気でもうしなっているのか、口もきかねば身うごきもしない。

「やい、俊助、これがさいごだ。ねんぶつでもとなえていろ」

「悪者を追っかけるのは、地獄へいってからにしろ、アッハッハ」

「さあ、十八号」

「よし、それじゃおれが合図をしよう。一、二いの三」

十八号が叫んだかと思うと、ふたりの悪者は袋づめの俊助を、頭上高くさしあげて、サッと川のなかへ投げ落とした。

「ああ、ああ」

麻袋が橋のらんかんをはなれたとたん、袋のなかから、俊助の叫びがもれたが、それもつかのま、大きな水音をたてて水面へ落ちると、袋はブクブクと、川底ふかく沈んでいく。

「これでうまいぐあいにかたづけたわけだな」

「そうだ、そうだ。三津木俊助といえば、新聞記者というより、名探偵としてゆうめいな男、つまり、われわれにとっては目のうえのたんこぶだ。それがこんなにかんたんにかたづいたのは、ボスの運がつよいからだ」

「そうだ、そのとおりだ。それじゃ人めにつかぬうちにはやく帰って、このことをボスに報告しよう」

七号と十八号のふたりの悪者は、あたりを見まわしだれも見ている者のないことをたしかめると、そそくさと自動車にとびのり、橋をわたって、小田原町の暗闇《くらやみ》へすがたを消した。

ところが、その自動車が見えなくなるとすぐうしろから、またもや、やってきたのは一台の自動車。さっき三津木俊助が投げこまれた、らんかんのそばまでくると、ぴたりと自動車をとめ、運転台からとびおりたのは、とりうち帽子をまぶかにかぶり、黒メガネをかけた青年だ。

らんかんによじのぼって、暗い川のおもてをのぞきながら、

「御子柴くん、御子柴くん。さっき、あいつらが川のなかへ、なにか投げこんでいったのは、たしかにこのへんだったね」

「そうです、そうです。里見さん」

と、そう声をかけながら、自動車のなかから出てきたのは、なんと探偵小僧の御子柴少年ではないか。

御子柴進もらんかんによじのぼって、川のなかをのぞきながら、

「なんだか大きな袋のようなものでしたね」

「うん、それに袋がらんかんをはなれたとき、ああっ、というような声が聞こえたぜ」

「里見さん、里見さん。ひょっとすると、あの袋のなかには、三津木さんがはいっていたのじゃありませんか」

進の声はふるえている。

「ようし」

と、そう叫んで、らんかんから橋のうえへとびおりたのは、鬼頭博士の助手の里見青年だ。

里見助手が大いそぎで、オーバーや服をぬぎはじめたから、探偵小僧はおどろいた。

「あっ、里見さん、どうするんですか」

「どうもこうもない。あれがだれであったにしろ人間を見殺しにはできない。御子柴くん、洋服の番をしていてくれたまえ」

と、たくましいパンツひとつのはだかになった里見青年。海軍ナイフを口にくわえると、ふたたびらんかんのうえによじのぼり、大きく深呼吸をしたのち、ざんぶりとばかりに川のなかへとびこんだ。

進は里見青年のオーバーや洋服をかかえたまま、らんかんに息をこらしてまっ暗な橋のしたをのぞいている。橋のしたには、橋げたにあたってくだける波の音しか聞こえなかったが、まもなく、ボチャボチャと水をかきまわす音が聞こえてきた。

「あっ、里見さん、見つかりましたか」

「いや、まだ」

里見助手はただひと声こたえると、一呼吸二呼吸と、大きく深呼吸をしておいて、またもや川底へもぐっていく。

こんどもだめだった。ポッカリ浮きあがった里見助手は、みたび大きく深呼吸をすると、こんどはすこし方角をかえてもぐりこんだ。

橋のうえでは進が、手に汗をにぎって待ちうけている。里見助手はずいぶんながいあいだもぐっていた。

もしや里見さんの身にまちがいが……と、進が気をもみはじめたころ、やっと水をかく音と、クジラが潮を吹くような息づかいが聞こえてきた。

「あっ、里見さん、どうでした」

「ああ、見つかったよ。やっと袋を切りひらいてたすけだした。御子柴くん、自動車を小田原町のほうへもっていってくれたまえ」

と、いいながら、ぐったりと気をうしなった俊助のからだをだいて、里見青年は暗い川のおもてを横ぎっていく。

こうして俊助はすくわれた。

じぶんをすくってくれたのが、探偵小僧の御子柴少年と、その友だちであると知ったとき、三津木俊助がどんなにおどろいたか、またよろこんだかというようなことは、あまりくだくだしくなるからこれははぶくが、ふたりがどうして俊助の、水葬礼の場にいきあわせたかということだけは、ごくかんたんに説明しておこう。

骸骨島からようやくのことで、東京へ帰ってきた探偵小僧の御子柴少年と里見助手は、獣人魔の一味にゆだんをさせるため、わざとすがたをかくして、ひそかに由紀子の家を見張っていたのだ。いつか獣人魔梶原が、復讐のためにやってくるだろうと思ったからだ。

ところが、はたせるかな、夕べそれらしいすがたを見つけたので、おまわりさんにそれを知らせようと思っているとき、とびだしたのが三津木俊助。梶原ののってきた自動車のうしろのトランクへかくれるところを見たから、もしものことがあってはならぬと、ひそかに自動車であとをつけたのだ。

そうして、獣人魔のかくれ家をつきとめ、しばらくそこを見張っているうちに、覆面をしたふたりの男が、人間のようなかたちをした麻袋を、自動車に積んでいくのを見て、もしやと思ってあとをつけたのだった。

三津木俊助はその話からひきつづいて、骸骨島における、恐ろしい鬼頭博士の実験をきかされたとき、それこそ大地がゆれるような大きなおどろきにうたれた。

もし、じぶんじしん、口をきくゴリラのような怪物を見ていなかったら、俊助はきっとふたりを気が変になったと思ったことだろう。しかし、ゴリラはじっさいに口をきいたのだ。と、すれば鬼頭博士の実験は成功し、大悪人梶原のたましいが、頭脳が、ゴリラのからだで再生したものとしか思われない。

三津木俊助の気力体力が回復するのを待って、このことはただちに警視庁へ報告された。

ちょうどそのとき、警視庁にはおなじみの等々力《とどろき》警部がいなかった。そして、この報告をうけたのは、糟谷《かすや》というわかい警部だったが、糟谷警部はばかにして、三人の話をほんとうにしなかった。

それでも、三人があまり熱心に話をするので、それではともかくいってみようと、五、六人の警官を呼びあつめ、探偵小僧や里見助手を案内として、獣人魔がアジトにしていた、佃島にある古ぼけた倉庫にでかけていった。

しかし、そのときにはすでに、倉庫のなかはもぬけのからで、かくべつ怪しいふしも見あたらない。

「アッハッハ、やっぱりわたしの思ったとおりだ。人間の頭脳をゴリラの頭にうえつけるなんて、そんなばかげたことができるはずがない。三津木さん、あんたもそんな話を信用するなんて、よほどどうかしていますね」

「しかし、警部さん。ぼくじしん、その怪物を見たんですよ」

「ゴリラが口をきいたんですか、アッハッハ。三津木さん、あんた酔っぱらってたんじゃないんですか。それとも夢でも見たのかな。アッハッハ、三津木俊助もやきがまわったかな」

なんとあざけられてもしかたがない。がらんとした倉庫のなかには、どこにもそんな怪物がいたというしょうこはないのだから。

「やれやれ、朝っぱらからとんだむだ足をふまされた。さあ、みんなひきあげた」

こうして、警視庁ではぜんぜん三人のいうことをとりあげないので、こうなったらしかたがない。じぶんたちの手で三芳判事の一家をまもろうと、まい晩のように三人で、こっそり判事の家をまもっているうちに、まったく思いもかけぬ方面で世にも奇怪な事件がもちあがり、それをきっかけとして、東京都民は、恐怖のどん底にたたきこまれるはめになったのだった。


東京の一角、目黒《めぐろ》のほとりに、志賀恭三《しがきようぞう》老人のひろい大きな邸宅がある。

志賀恭三老人といえば、すぐだれでも、ああ、あの人かとうなずくほどゆうめいな、日本の、いや、世界の真珠王である。

さて、三津木俊助があやうく水葬死をまぬがれてから、ひと月ほどのちのこと、目黒にある志賀恭三老人の邸宅はたいへんなにぎわいだった。

その日は恭三老人の七十回めの誕生日にあたっていた。七十回めの誕生日は古稀《こき》の祝いといって、さかんにお祝いすることになっている。なにがさて、ゆうめいなお金持ちの恭三老人のこととて、その祝いのさかんなことといったら、祝いは正午ごろからはじまり、ひろいひろい庭には、あちこちにテントがはられ、すしでも、おしるこでも、コーヒーでも、なんでも自由に食べたり飲んだりすることができるようになっている。

それからまた、大きな舞台がつくられて、そこでは手品だの奇術だの、かわいい少女のダンスだのと、ひっきりなしに余興がおこなわれている。

庭の一角には高だかとアドバルーンがあげられて、そのひかえ綱にひるがえるのぼりには、祝いのことばが染めぬいてある。空には万国旗がクモの巣のように張りめぐらされ、音楽の音もうきうきと、何百人とあつまった客の心をうきたたせる。この恭三老人の祝いはひと月もまえから評判になって、なんども新聞にでたくらいだが、それにはひとつわけがある。

恭三老人には、子どもや孫がおおぜいあるが、その人たちがあつまって、恭三老人への祝いとして、おくりものにしたのが真珠の宝舟だ。

それは長さ一メートルほどの、昔の西洋の帆船のかたちをしているが、その船ぜんたいにちりばめられた真珠のねだんが、なんと五十億円もするという。

その真珠の宝舟を見せるというので、まえまえから評判にもなり、また、こうして、おおぜいの客があつまったわけだ。

その真珠の宝舟は、階下の大広間にかざってあり、そのまわりには、たえず人の波がうずまいていたが、夕方の四時ごろともなれば、潮がひくように人影もまばらとなり、やがて、客はひとりもいなくなり、のこっているのは、この宝舟の見張りのために警視庁からよこされた、糟谷警部とふたりの部下だけ。

糟谷警部の部下は、ほかにも、おおぜいきているのだが、それらの人たちはふつうの服で、客のなかにまじっている。

なにがさて、何十億円もするという宝物がおおぜいの人の目にさらされるのだから、どのような悪者がまぎれこまないともかぎらぬと、警視庁であらかじめ、厳重にけいかいしたのだ。

さて、夕方の四時半ごろのこと。糟谷警部とふたりの部下が、ゆだんなく宝舟を見張っていると、とつぜん、部屋のなかでカチャリと、金属のふれあうような音がした。

ハッとした糟谷警部は、あわててあたりを見まわしたが、べつにかわったところもなく、ただ、ホールのすみにたてかけてある西洋のよろいが、銀色にかがやいているばかり。

糟谷警部がホッとして、ひたいの汗をぬぐおうとしたとき、またしてもカチャリと金属性の物音。

糟谷警部はギョッとして、物音のするほうへふりかえったが、そのとたん、からだじゅうの毛という毛がさかだつような恐ろしさにうたれた。

なんと、あの銀色にかがやくよろいが、カチャリ、カチャリと気味の悪い音を立てながら、生きもののごとく、真珠の宝舟めがけてあるいてくるではないか。

銀色の怪物

「あっ！」

と、叫んだ糟谷警部とふたりの部下は、あまりの思いがけないできごとに、あっけにとられたままだ。

奇怪な西洋のよろいはその三人をしりめに、カチャリ、カチャリと真珠の宝舟めがけてあるいてくる。

「だ、だ、だれだ！」

糟谷警部の唇《くちびる》から、やっとそれだけの声がでた。

しかし、奇怪なよろいはそれに答えず、カチャリ、カチャリとかざり台のそばまでくると、むんずとばかり腕をのばして、真珠の宝舟に手をかける。

「お、おのれ！」

と、叫んだ糟谷警部、腰のピストルをひきぬくと、ズドンと一発ぶっぱなしたが、なにしろあいては鋼鉄製のがんじょうなよろいだ。たまはカチッと音をたててはねかえる。

そのとたん、鋼鉄製のマスクのしたから、

「ウォーッ！」

と、世にも恐ろしい叫び声。それを聞くと糟谷警部とふたりの部下はギクッとして、おもわず二、三歩あとずさりする。奇怪なよろいはそれをじろりとしりめにかけると、真珠の宝舟を小わきにかかえて行きかかる。

それを見ると糟谷警部とふたりの部下は、

「おのれ、待て！」

と、叫ぶとともに、ズドン、ズドンとめちゃくちゃに、ピストルの弾丸《たま》をぶっぱなす。しかし、むねん、うちだす弾丸はことごとく、よろいにあたってはねかえるのだ。

それをみると部下のひとりは、たまりかねたかピストルをすて、むんずとよろいに組みついていく。鋼鉄のよろいは右手に宝舟をかかえたまま、左の腕で刑事の首っ玉をだきしめたが、とたんに刑事は、

「わっ、あ、あ、あ……」

と、世にもなさけない悲鳴をあげ、しばらく手足をばたばたさせていたが、やがて、ぐったり動かなくなってしまった。

ああ、なんという怪力！　鋼鉄のよろいの左腕に首をしめられて、刑事は息がつまってしまったのだ。

目の前のこの恐ろしい光景に、糟谷警部と部下のひとりは、ぼうぜんとして目を見張っていたが、鋼鉄のよろいが刑事のからだを投げすて、ゆうゆうとしてバルコニーから

出ていこうとするのを見て、はじめてハッとわれにかえった。

警部は、ハッと思いついたように、ポケットからよびこをとりだし、

「ピリピリピリ……」

と、気が狂ったように吹き鳴らす。

一方邸内では、あの鋼鉄のよろいのものすごい叫び声が邸内のすみずみまでひびきわたったとき、まるでそれが合図でもあったかのように、庭のあちこちからパッと煙がまいあがった。

余興場、お茶のみ場、りんじにこしらえた仮トイレ……。と、あとでかぞえてみると合計七か所から、メラメラと赤いほのおと紫色の煙がもえあがったから、

「あっ、火事だ、火事だ！」

「だれかが、邸内に火をつけたぞ！」

と、客は大あわてでにげまどい、ひろい庭のなかも、いもをあらうような混雑になったが、そこへきこえてきたのが、ズドン、ズドンというピストルの音。

これがいよいよ人びとの恐怖にわをかけて、志賀恭三老人の邸宅は、うえをしたへの大そうどうになったが、そこへとびだしてきたのがよろいのお化け。

志賀恭三老人の邸内に、みちあふれていた人びとは、バルコニーからとびだしてきた、銀色のよろいのすがたを見ると、

「わっ！」

と、叫んで左右にゆれる。

「そいつをつかまえろ！　その曲者《くせもの》をつかまえてくれ！」

バルコニーから糟谷警部がやっきになって叫んでいる。糟谷警部もさっきの曲者の怪力をみれば、とてもとびかかっていく勇気はないのだ。

その叫び声におうじて三人の刑事が、バラバラと、よろいの前に、立ちはだかった。だが、つぎのしゅんかん、三人とも地面にたおれて、息もたえだえにうなっていた。

真正面からきた刑事は、身をしずめて突進してくるよろいに頭突きをくらわされて、あおむけざまにひっくりかえり、あとふたりは西洋のよろいがふりまわす、左の腕にぶんなぐられて、三、四メートルもけしとんでいた。

この恐ろしい腕力に、見ている人たちは肝《きも》をつぶして、もうだれも手出しをしようとするものはない。

真珠の宝舟を左の腕にもちかえた西洋のよろいは、ゴールへ突進するラグビー選手のように、むらがる人びとをつきのけ、かきわけ、庭の一角へ走っていく。

そのうしろから私服の警官が、ズドン、ズドンとピストルをぶっぱなすのだけれど、たとえ弾丸はあたっても、みなはねかえされるばかり。

志賀恭三老人の邸内はいよいようえをしたへの大さわぎだ。

七か所からもえあがった火は、すぐに人びとが消しにかかったので、それほど大きく燃えひろがらなかったが、がんらい火事というものは、人の心をさわがせ、うろたえさせるものである。その火事で大混雑をしているまっただなかへ、銀色の怪物がとびだしてきたのだから、あたりはいよいよ大さわぎ。

それにしても、西洋のよろいをきた曲者は、いったい、どうして逃げだすつもりだろう。たとえ、いかに怪力にしろ、また、いかにピストルの弾丸をうけつけぬよろいをきていようとも、こうしておおぜいの警官にとりかこまれたら、いずれはつかまるよりほかにしかたがないのではないか。

ところが、その怪物にはちゃんと逃げみちが用意してあったのだ。

その日、志賀恭三老人の庭の一角には軽気球あげ場がこしらえてあった。客は希望によってその軽気球にのって空高く舞いあがり、東京じゅうをひとめで見物することができるのである。

恭三老人の庭であの火事さわぎや、怪物さわぎが起こったとき、空高く舞いあがっていた軽気球には、恭三老人が目のなかにいれてもいたくないほどかわいがっている、孫の百合子《ゆりこ》と、百合子の兄の三千男《みちお》が乗っていた。

百合子はことし十二歳、三千男は三つうえの十五歳、百合子は小学生だが、三千男は中学生である。

ふたりは空に高く舞いあがった軽気球のうえから、東京見物をしながらたのしんでいたが、そのうちに百合子がふとしたのさわぎに気がついて、

「あら、おにいさま、お家が火事よ。お家が燃えているわ」

百合子の叫び声に、ふとしたを見おろした三千男も、

「しまった」

と、おもわず軽気球のカゴのなかから身をのりだした。

この軽気球は、一本のロープで地上へ、つなぎとめられていて、地上には滑車《かっしゃ》がそなえつけてあり、それをまくことによって、ロープをたぐって軽気球を引きおろすのだ。

「ああ、百合子、だいじょうぶだ。ほら軽気球番のおじさんが、一生けんめい滑車をまいている。ぼくたちはまもなく地面へおりることができるよ」

なるほど地上では軽気球番の老人が、だいじなお孫さんにまちがいがあってはならぬと、汗をたらして滑車をまき、軽気球は目に見えて、ぐんぐん高度をさげていく。

「おにいさま。でも、何ごとが起こったんでしょう。みんな大さわぎをしているわ」

「だれかが、タバコのすいがらでもすてたんだろう。でも、あんなにおおぜい人がいるんだもの、きっとすぐ消えるよ」

だがそのときだ。ズドン、ズドンとピストルの音が聞こえて、あの銀色の怪物が、バルコニーからとびだしてきたのは……。

「あっ、おにいさま。あれ、なんでしょう。なんだか、ぎらぎら銀色にひかっているわ」

「あっ、百合子、たいへんだ。あいつ、真珠の宝舟をかかえている！」

「おにいさま、どろぼうなの？」

百合子はサッと青ざめて、兄の三千男にすがりつく。

「そうかもしれない。それで警官がピストルをうっているのだ」

軽気球はいまや、地上三十メートルぐらいのところまでさがっているので、地面のようすが手にとるように見えるのだ。

銀色の怪物は、いつのまにやら真珠の宝舟を背に結びつけ、軽気球あげ場の滑車のそばまでかけよると、いきなり軽気球番の老人をけたおした。

老人の手をはなれた滑車は、またくるくる逆転して、せっかく高度のさがった軽気球が、またずんずんと上昇していく。

「あっ、おにいさま！」

「百合子！」

軽気球のうえでは三千男と百合子が、ひしとばかり抱きあったが、こちらは西洋のよろいをきた怪物だ。軽気球のひかえ綱にとびつくと、腰の短剣をぬきはなち、じぶんの足もとからプッツリたちきったからたまらない。

軽気球は糸のきれた風船のように、フワリフワリと空高くのぼっていく。おどろいたのは志賀恭三老人をはじめとして、家の人たち。

「あっ、軽気球がとんでいく！」

「あの軽気球にのっているのは三千男くんと百合子さんじゃない？」

「あっ、そうだ、そうだ、三千男と百合子だ。おお、神さま！」

恭三老人はあまりのおどろきと、悲しみに、おおぜいの人たちに取りかこまれて、とうとう気をうしなってたおれてしまった。

　さて、こちらは軽気球の三千男と、百合子だ。

「ああ、おにいさま、あの悪者がだんだんこちらへのぼってきてよ」

「ああ、百合子。しっかりぼくに抱きついておいで」

　ふたりがひしと抱きあっているうちにも、あの恐るべき怪物は、しだいにロープをのぼって、軽気球に近づいてくる。やがて軽気球のカゴまでたどりつくと、たくみにカゴにかかっているあみの目をつたって、ひらりとなかへとびこんだ。

「あれえ！　おにいさま！」

　百合子は、いまにも気絶しそうな声をあげて、三千男にむしゃぶりついたが、それもそのはず、ロープをのぼってくるうちに、かぶとと面あてがどこかへとんで、そのしたからあらわれたのは、なんとゴリラの顔ではないか。

「三津木さん、三津木さんたいへんです！」

　と、新日報社の編集室へとびこんできたのは、探偵小僧の御子柴少年だ。

「いま、目黒にある真珠王志賀恭三老人のところへ、わけのわからぬ怪物があらわれて、真珠の宝舟をうばったうえ、軽気球にのって逃げたそうです」

「なに、軽気球にのって逃げたあ？」

　三津木俊助は、びっくりして目をまるくする。

「ええ、そうです。だから三津木さんとぼくにヘリコプター新日報号にのって、軽気球を追跡するようにと編集局長の命令です」

「ようし、探偵小僧こい！」

　ふたりが屋上へとびだすと、すぐ飛行服に身をかため、待っているヘリコプター新日報号にとびのった。新日報号は、爆音もいさましく、ただちに新日報社の屋上からとびたった。

　さて、一方こちらは目黒の上空だ。軽気球はフワリフワリと空高くのぼっていったが、そのとき、どこからとんできたのか、一台の怪ヘリコプター。

　軽気球からぶらさがっている、ロープのしたをゆるく輪をえがいて飛んでいたが、やがて機上から出た腕が、あやうくロープの先をとらえた。そして、それをヘリコプターの一部に結びつけると、そのまま、東の空へとんでいく。

　おお、志賀恭三老人のやしきから、真珠の宝舟をうばいとったのは、獣人魔《じゅうじんま》となった梶原なのだ。獣人魔梶原には、おおぜいの部下のいることは、きみたちもごしょうちのとおりだが、かれらはヘリコプターさえ持っているのだ。

　その怪ヘリコプターを操縦しているのは、たしかに小男のお小姓ではないか。

　一方、こちらは三津木俊助と、探偵小僧の御子柴少年をのせた新日報号だ。目黒の上空までやってくると、

「あっ、三津木さん、あそこに軽気球がとんでいる！」

　さっきから双眼鏡を目におしあてていた御子柴進が、東の空をゆびさしながら叫んだ。

軽気球は、いまや、ゴム風船ぐらいの大きさで、しだいに暗くなっていく空に浮かんでいるのだ。

いや、ただ浮かんでいるのではない。怪ヘリコプターにみちびかれて、ゆらりゆらりとゆれながら、東の空へとんでいくのだ。

三津木俊助の合図によって、新日報号は、スピードをあげ、怪ヘリコプターにせまっていく。

むこうはなにしろ、軽気球を結びつけているので、あまりスピードを出すことができない。これさいわいと、ぐんぐんあいだをちぢめていった新日報号の機上より、熱心に双眼鏡をのぞいていた探偵小僧の御子柴少年は、とつぜん、あっと叫んで三津木俊助の腕をつかんだ。

「わかっている、わかっている！」

三津木俊助も双眼鏡をのぞきながらうなずいた。

「獣人魔、梶原一彦ですね」

「ふむ、いよいよあいつが悪事にのりだしたんだ」

「しかし、それにしても、あのカゴのなかにいる男の子と女の子はだれでしょう」

「さあ、だれだかわからないが、かわいそうに」

三津木俊助と探偵小僧の双眼鏡には、西洋のよろいをきた獣人魔梶原に抱きすくめられ、小鳥のようにふるえている、あわれな三千男と百合子のすがた……。

ヘリコプター新日報号は、いよいよスピードをあげて、怪ヘリコプターに接近していったが、そのとき、はるか南の空からとんできた、もう一台のヘリコプターが、二台のヘリコプターのあいだにわりこむと、とつぜん、新日報号に向かって、
タ、タ、タ、タ、タッ！
と、機関銃をうってきた。

空中戦

「しまった！」

と、双眼鏡をにぎったまま、青くなって叫んだのは探偵小僧の御子柴少年だ。

「獣人魔の味方のやつが、獣人魔の逃走をたすけるためにやってきたんですね」

「ちくしょう！」

三津木俊助も顔色かえて、くやしそうに唇をかむ。

なるほど、こういう手があるからこそ、獣人魔の梶原一彦は、軽気球にのってゆうゆうと、味方のヘリコプターにみちびかれて行くのだ。

怪ヘリコプターは、いよいよ新日報号に接近してきて、
ダ、ダ、ダ、ダ、ダ、
と、機関銃をうってくる。

夕やみせまる大空のうす暗がりに、機関銃のはく火花が、線香花火のように青じろくひかったり消えたりする。

「いけない、いけない。操縦士くん」

と、さすがの三津木俊助も青くなった。

「退却だ、退却だ！　うっかりしてると、あのヘリコプターに撃墜《げきつい》されてしまうぞ」

せっかくここまで獣人魔を追いつめながら、みすみす見のがす残念さ……。しかし、いまはそんなことをいっているばあいではない。武器をもたぬ悲しさ、逃げだすよりほかにみちはないのだ。

操縦かんをにぎった操縦士は、すでに進路を変えていた。

ところが、おどろいたことに、よこあいからあらわれた怪ヘリコプターは、新日報号をおっぱらうだけでは満足せず、しつこくあとから追ってくるのだ。

そしてヘリコプターの距離が、機関銃の射程内へはいったとみるや、ダ、ダ、ダ、ダ、ダ、とうってくる。どうやら相手はあくまで、新日報号をうちおとすつもりらしいのだ。

それに気がつくと三津木俊助と御子柴進、それから操縦かんをにぎった操縦士も、青くなってふるえあがった。

「おい、探偵小僧これはいけない。万一のばあいにそなえて、パラシュートを身につけておけ。操縦士くん、きみも……」

「は、は、はい、三津木さん」

「だいじょうぶだ。パラシュートさえ身につけておけば新日報号に故障があっても、いのちだけはたすかるだろう」

「三津木さん、こうなりゃあ、死なばもろともでさあ」

さすがは新日報社の社員だけあって、操縦士はごうたんに笑っている。進も、じぶんのふるえたのがはずかしくなってきた。

あたりを見まわすと、もうすっかり暗くなっていて、むろん、あの軽気球をつないだヘリコプターは、東京湾の上空はるか、いずこともなく逃げさっていた。

そして、いま三人の乗っている新日報号のうしろからは、あの恐ろしい怪ヘリコプターが、しゅうねんぶかくつけてくるのだ。

三津木俊助と御子柴進、それから操縦士の三人は、手ばやくパラシュートを身につけると、いつでもヘリコプターからとびだせる態勢をとっている。

さっきから、しゅうねんぶかくあとを追っていた怪ヘリコプターが、きゅうにスピードをましたかと思うと、見るみるうちにふたつのヘリコプターの距離はちぢまっていく。

「ちくしょう。あいつ、あくまでわれわれを、ほうむってしまう気でいるんだな」

三津木俊助はまなじりをつりあげて、くやしそうに歯ぎしりしたが、そのとき、むこうのヘリコプターから、
ダ、ダ、ダー、
と、すさまじい音をたてて、機関銃をうってきた。

その一弾が命中したのか、新日報号の機関部から、ぱっと青じろいほのおがあがって、機体がぐらりとななめにかたむく。

「ああ、もういけない。それ、探偵小僧、操縦士くん」

「三津木さん！」

探偵小僧の御子柴少年は、三津木俊助のあとから目をつむって、パッと機上からとびおりた。

それからどれくらいたったのか。

進は、そのあいだが、ずいぶんながかったように思われる。

さいわいパラシュートはしゅびよく開いて、フワリフワリと落ちていく。その感じはなんともいいようのないほどいやなものだった。

あたりはもうすっかり暗くなって、そのなかを新日報号が、火の玉となって落ちていくのを目にしたが、それきり、進はふうっと気が遠くなってしまったのだ。そのうちに、

「御子柴くーん！」

「探偵小僧やあい！」

と、口ぐちに叫ぶ三津木俊助と、操縦士の声にふと気がつくと、進はまっ暗な、海のうえに浮いているじぶんに気がついた。

さいわい、あのパラシュートが救命具のかわりとなって、水におぼれもしないで浮いていたのだ。

「探偵小僧、やあい！」

「御子柴くーん」

闇のなかからきこえてくる三津木俊助と操縦士の声に、進はいよいよはっきり気がついて、

「あっ、三津木さあん、ぼく、ここです、ここです」

進も泳ぎは、かなりたっしゃなのだが、パラシュートの綱がじゃまになって、泳げない。

「ああ、御子柴くん、生きていたか。いまいくぞう！」

闇のなかからなつかしい声が聞こえてきたかと思うと、やがて水を切る音がして、三津木俊助が近づいてきた。

「三津木さん」

「ああ、探偵小僧、ぶじでいてくれたか。いくら呼んでも返事がないので、どんなに心配したかしれやしない。さあ、身がるにしてやろう」

と、俊助は口にくわえたナイフをとって、ブツリ、ブツリとロープを切る。見ると俊助は服をぬいで、ほとんどはだかになっていた。

進も俊助に手つだってもらって洋服をぬぐと、

「三津木さん、操縦士さんは？」

「ああ、村田くんか。村田くんもぶじだ。村田くーん、こっちだ、こっちだ！」

「オーライ、いま行くぞう！」

やがて近づいてきた村田操縦士を見ると、これまたさるまたひとつのはだかになって、舟のようなものを押している。

「新日報号のもえのこりだ。こいつにつかまっていりゃあ、おぼれる心配だけはない。そのうちにだれかやってくるだろう。たかが東京湾だ。心配することはないよ」

ごうたんな三津木俊助は、へいぜんとしてうそぶいていたが、そのとき、いったん遠ざかっていた怪ヘリコプターが、東の空からまた舞いもどってきた。

「おや、あいつ、まだなにか用があるのかな」

空をあおいで村田操縦士がつぶやいたが、そのことばもおわらぬうちに機上から、
ダ、ダ、ダ、ダ、ダー、
と、機関銃を掃射《そうしゃ》してきた。

「あっ、いけない。もぐれ！」

俊助の声に一同は、海中ふかくもぐりこむ。

悪魔のような怪ヘリコプターは、しばらくそのへんを掃射していたが、べつに三人のすがたを見つけたわけではないらしく、見当ちがいの海面を、機関銃でうっていくと、そのまま、また東の空へとびさった。

「ちくしょう、しゅうねんぶかいやつだ」

しばらくして海面へ浮かびあがった俊助は、いまいましそうにつぶやいたが、しかし、

何がさいわいになるかわからない。

このヘリコプターの行動をあやしんで、それからまもなく近づいてきた、海上自衛隊の船に、三人はぶじにすくわれたのである。

小さな箱

志賀恭三老人の邸宅で起こった事件、それから、そのあと東京湾の上空で演じられたヘリコプター撃墜事件は、その夜のうちにラジオで放送されたから、さあ、東京じゅうは大さわぎ。

まだ、だれも、志賀恭三老人の邸宅をおそった怪物が、獣人となって再生した、大悪人の梶原一彦とは知らなかったが、かわいい少年少女が軽気球で連れさられたときいて、同情のために胸をいためぬものはなかった。

志賀恭三老人もいちどにふたりの孫をうばわれて、その悲しみはたいへんなもので、もし、百合子と三千男を、ぶじにたすけてくれる人があったら、百万円の賞金を出そうともうし出たから、せけんの人はいよいよさわいだ。

警視庁では怪ヘリコプターが、東京湾の上空を、東へとんだところから、悪人のアジトは洋上にあるのではないかと、海上自衛隊とれんらくして、関東いったいの海上を調べることになったが、夜のこととてこの捜索もはかどらない。

そして、夜があけたころには、怪ヘリコプターのすがたはどこにも見えず、また、怪しい船も見あたらなかった。こうして、獣人魔梶原は、まんまと真珠の宝舟と、ふたりの少年少女をさらって逃走したのだ。

それはさておき、こちらは三津木俊助と探偵小僧の御子柴少年だ。

志賀恭三老人の邸宅をおそった怪物を、獣人魔梶原だと、はっきり知っているふたりは、三芳判事の一家のために、このうえもなく胸をいためていた。

ああして、梶原が活躍をはじめた以上、いつかきっと、三芳判事にたいして復讐《ふくしゅう》をくわだてるにちがいない。三芳判事にたいする復讐……それはとりもなおさず、由紀子をいじめることだ。

志賀恭三老人の孫のふたりを誘拐《ゆうかい》していったように、いつか獣人魔梶原は、由紀子をうばいにくるのではあるまいか。

糟谷警部も、梶原が獣人となって再生したことは信じなかったが、ひょっとすると三芳判事の一家に危害をくわえにくるのではないかということは考えられるので、みずから三芳一家のボデーガードの役をかって出た。

しかし、探偵小僧の御子柴少年は、それでもまだ心もとないので、

「ねえ、由紀子さん。いつかぼくと約束したこと、わすれやぁしないだろうねえ」

と、由紀子にあうたびに念をおす。

「ええ、進さん、けっしてわすれやぁしないわ。ほら、このとおり肌身《はだみ》はなさず持って

るのよ」

と、由紀子が出してみせたのは、帽子箱くらいのスーツケースである。

「ああ、そう、ありがとう。けっしてそれをわすれちゃいけないよ。いつかきっと役に立つことがあるからね」

「え？」

と、由紀子はちょっと青くなって、

「それじゃ、近いうちにあたしの身に、なにかまちがいが起こるというの」

「いや、いや、そういうわけじゃないけれど、梶原がつかまらないうちは、用心に用心をしたほうがいいからね」

「ええ、ありがとう。あたし、かたときもこれをはなさないから」

と、由紀子はだいじそうに、帽子箱ほどのスーツケースを胸に抱いたが、それにしてもその箱のなかには、いったいなにがはいっているのだろう。なかでコトコト音がして、スーツケースのあちこちに、小さな穴があいているところをみると、ひょっとすれば生きものでもはいっているのではあるまいか。

由紀子は出るにもはいるにも、用心に用心をかさねていたが、しかし、いつまでも学校をやすむわけにはいかない。

そこで行きも帰りも、糟谷警部が自動車で送りむかえすることになっていた。

きょうもきょうとて勉強がすんで、先生におくられて学校の門のところまでくると、糟谷警部が待っていた。

「警部さん、それではおねがいしますよ」

先生があいさつをされると、

「はあ、しょうちしました」

「警部さん、自動車は……？」

由紀子がたずねると、

「ああ、むこうの横丁に待たせてある。ちょっとパンクをしたんでね」

横丁までくると、はたして自動車が待っている。それにのると糟谷警部は、由紀子がだいじそうに抱いている、ひざのうえのスーツケースに目をとめて、

「由紀子ちゃん、その箱のなかには、いったい何がはいっているんだね。いつもだいじそうに抱いてるけど」

「お人形がはいってるの。あたしのかわいいお人形」

「アッハッハ、そうかい。やはり女の子だねえ」

糟谷警部は笑っていたがふと、運転台の鏡にうつっている運転手の顔を見ると、

「あっ、き、きさまはだれだ！」

と、身をのりだしたが、そのとたん、くるりとうしろをふりかえった怪運転手が、

「これでもくらえ！」

と、ぶっぱなしたのは、いつか三津木俊助もやられたことのある麻酔ピストル。

「あっ、お、おのれ！」

糟谷警部は両手ではらいのけようとしたが、やつぎばやに発射される甘ずっぱいにおいの霧におそわれて、

「あ、あ、あああ……」

と、とうとうその場に眠ってしまった。

そばでこのようすをながめている由紀子は、あまりの恐ろしさに声も出ない。あの小さなスーツケースをかかえて、ただわなわなとふるえるばかり。

怪運転手はニヤリとそのほうをみて、

「アッハッハ、お嬢さん、こわいかい？　それじゃこわくないように、おまえさんも眠らせてあげようねえ」

と、麻酔ピストルを由紀子の鼻さきにつきつけると、やつぎばやに発射する。あわれな由紀子はたちまち麻酔薬がきいてきて、そのまま、ふうっと気が遠くなってしまった。あの小さな箱を、しっかと胸に抱いたまま……。

由紀子がフッと目をさますと、うす暗がりのなかに、だれやらすわっている。

由紀子がギョッとしてからだを起こすと、

「ああ、目がさめたんだね」

と、そういう声は思いがけなく、やさしい少年の声だった。

「あら？」

と、由紀子がはじかれたようにあたりを見ると、そこは四じょう半ばかりの、穴ぐらのようにせまい、殺風景な部屋で、うす暗い床のうえには、ひとりの少年とひとりの少女がしっかと肩を抱きあっている。

「まあ……あなたがたはいったいどなた！　ここはいったいどこなんですの」

「ここがどこだかぼくも知らない。だけどぼくの名は志賀三千男、この子はぼくの妹で百合子というんだ」

ああ、このふたりこそ軽気球で連れさられた志賀恭三老人のふたりの孫だった。

「まあ、それじゃ、あなたがたが……」

由紀子もハッとおどろいたが、そこできゅうに思いだしたようにあたりを見まわすと、

「ああ、あたしの箱は……？　あたしの小さいスーツケースは……？　ああ、あった、あった。これさえあれば……」

と、由紀子は気がくるったように、小さい箱を抱きしめたが、その箱のなかにはなにがはいっているのだろうか。


「由紀子を連れてきたかあ？」

と、わめくように叫んだのは、黒いずきんに黒いガウンの獣人魔だ。そのガウンのそでぐちやすそから、毛むくじゃらの手足がはみだしている。左右には、あの船長と、小男のお小姓がひかえている。

そこは殺風景な西洋ふうの大ホールで、正面のいちだん高いところに三人がひかえており、そのしたには、これまた黒いずきんに、黒いガウンをきた男が三十人ばかり、ずらりといならんでいる。胸につけたどくろのマークからみても、これこそ瀬戸内海の一孤島、骸骨島にあつまっていた、悪者どもにちがいない。

「はっ、由紀子は塔のてっぺんの部屋へ押しこめておきました」

と、そう答えたのは骸骨団のなかまでも、かしらだったものらしく、せなかに1という数字がぬいつけてある。

「おお、ナンバー1だな。それで、塔のてっぺんの部屋といえば、志賀恭三のふたりの孫、三千男や百合子といっしょか」

獣人魔は、またわめくようにききかえす。

「はっ、おなじ部屋へ、ほうりこんでおきましたが、いけなかったでしょうか。あいにく、ほかに鍵《かぎ》のかかる部屋がなかったものですから……」

ナンバー1は恐るおそる、直立不動のしせいで答える。獣人魔はかたわらにひかえている、小男のお小姓をふりかえり、

「お小姓、鍵のかかる部屋は、ひとつしかないのか」

「はっ、ボス。なにしろこのとおり、あれはてた古塔ですから、どの部屋もドアが、がたびししておりまして、ろくに鍵もかかりません」

と、ことばだけはしんみょうだが、お小姓のようすには、どこか相手をこばかにした

ようなところがある。

ボスの獣人魔はうなずいて、

「それではしかたがない。ときに、真珠王の志賀恭三から、なんとか返事をいってきたか」

「ところが、それがなんともいってまいりません」

「なに？　いまだになんの返事もないというのか」

と、獣人魔にかわって、怒りに声をふるわせたのは大男の船長である。

まるで、われがねのような声である。

骸骨団の一味のものは、真珠王志賀恭三老人にたいして、三千男と百合子のいのちがおしければ、一億円よこせと要求しているのだ。一億円よこせば、ふたりのいのちをたすけてやるが、さもなければ、三千男も百合子も殺してしまうとおどしているのだが、いまもって志賀恭三老人からなんの返事もないのである。

「あのじじいめ、ひとをばかにしおる。ボス、この腹いせにふたりをここへ連れてきて、うんといじめてやろうじゃありませんか」

大男の船長がわめきたてると、

「おもしろい、おもしろい。ボス、ついでに由紀子もここへ連れてきて、三人をなぶりものにしてやりましょう」

と、手をうって叫んだのは、あの残忍なお小姓である。

それにたいして覆面の獣人魔はなぜかためらうようすだったが、そんなことにはおかまいなしに、お小姓が、

「さあ、だれでもよいから、三千男と百合子、それから由紀子の三人を、てっぺんの部屋からここへ連れてこい！」

と、大声でわめきたてたときである。とつぜん、ガラガラとものすごい音をたて、天井から落ちてきたものがある。ふいのこととて一同は、あっとばかりに総立ちになったが、天井から落ちたひょうしに足でもくじいたのか、床のうえでもがいているのは、なんと鬼頭博士の助手だった、あの里見青年ではないか。

「あっ、お、おまえは里見……」

と、覆面の獣人魔がびっくりぎょうてん、いちだん高い壇《だん》のうえから、身をのりだそうとするのを、あわててそばから抱きとめたのは、大男の船長と小男のお小姓だ。

「ボ、ボ、ボス、あなたはだまっていらっしゃい」

と、なぜかひどくあわてたようすで、ボスの獣人魔をなだめると、小男のお小姓は里見助手のほうをふりかえった。

「アッハッハ、里見さん。あんた生きていたのかね。骸骨島の穴ぐらで、とっくの昔に死んでいると思ったのに、悪運の強いお方だ。ウッフッフ」

と、ヘビのように冷たい男の笑い声である。それに反して大男の船長はいきりたち、

「やい、お小姓、こりゃあ笑いごとじゃないぞ。こいつが生きていたのはいいとしても、

どうしてここへしのびこんだか、いや、どうしてこのかくれ家をつきとめたか。……おい、ナンバー3とナンバー4、そいつをせめてきいてみろ」

船長の命令一下、ナンバー3とナンバー4が、左右から里見青年におどりかかると、腰からとりだしたのは革のむち。ふたりはそれをふりあげると、

「やい、里見、白状しろ。きさまはどうしてこのかくれ家をつきとめたんだ。いえ、いえ、いえ、正直にいわぬとこのとおりだぞ」

と、足をくじいて身うごきもできぬ里見助手の頭上から、ぴしり、ぴしりと、恐ろしいむちがふってくる。里見助手は苦しそうにうめき声をあげながら、

「いう、いう、いうからそのむちはやめてくれ……」

「よし、ふたりともむちはやめろ!」

と、大男の船長は命令すると、

「さあ、いえ、里見。きさまはどうしてここをつきとめたのだ」

「ぼくは……ぼくは、由紀子さんをひそかに見まもっていたんです。いつか梶原一彦が、由紀子さんをさらいにくるだろうと思って、いっときも目をはなさなかったんです」

「ああ、そうか。それで由紀子をさらってきた、自動車のあとをつけてきたんだな」

「そうです、そうです。そして天井にしのんでいたところが、志賀恭三老人の孫たちも、ここにいると知って、びっくりしたひょうしに足ふみはずして……」

と、里見青年はくやしそうに唇をかむ。

「アッハッハ、それこそ自業自得《じごうじとく》というものだ。ときに、里見、きさまはこのかくれ家をだれかにつげたか」

「いいや、残念ながらそのひまはなかった。ぼくはいま、ここへしのびこんだばかりだから」

里見助手は、またくやしそうに歯ぎしりしたが、それを聞くと船長とお小姓は安心したように、ニタリと顔を見あわせて、

「ボス、どうしましょう。こいつ、ひと思いに殺してしまいましょうか」

「いや、まあ、待て」

と、覆面のボスはあわててふたりをおさえると、

「殺すのはいつでも殺せる。ひとまず塔のてっぺんへとじこめておけ」

と、そういうボスの声をきくと、里見助手はなぜかハッとしたように、あいてのすがたを見なおしたが、そのとき、前後左右からおどりかかったのは、五、六名の骸骨団。

「こいつめ、悪運の強いやつだ。さあ、われわれといっしょにこい！」

と、手とり足とり里見青年をかつぎあげると、ながいながい階段をのぼって、やってきたのは三人の少年少女がとらわれている部屋の前。ガチャリとドアをあけると、

「さあ、ここでおとなしく、死刑の宣告があるまで待っていろ！」

と、部屋のなかへほうりこむと、外からピンと鍵をかけていったが、それから三十分ほどのちのこと。その部屋の小さな窓から、ふしぎなものがとびだしたのを、骸骨団の

一味のものは、だれひとりとして気がつかなかった。

ああ、それこそは由紀子がいのちよりもたいせつにかかえていた、あの小さな箱にはいっていたもの。……すなわち伝書鳩《バト》なのだ。

伝書鳩はしばし古塔のうえを、ゆるく輪をえがいて飛んでいたが、やがて矢のように東の空へ。

漂ういかだ

三浦《みうら》半島のとっぱな、城《じょう》ケ島《しま》のほど近くに、海に面してふしぎな塔がたっている。

この塔はその昔、灯台としてたてられたものだが、設計にあやまりがあったとやらで、灯台として役にたたず、おまけにその近所にあたらしく、最新式の灯台ができたので、いまではまったく無用のものとなり、あれるにまかされているのである。

ところが近ごろその塔に、ふしぎな火が燃えるだの、幽霊がでるだのとうわさがたって、付近のものも恐れをなして、だれひとり、近づく者はなくなった。

さて、この塔のてっぺんから、伝書鳩がとびさってから二日めの夕方のこと、塔のてっぺんの物見台から、望遠鏡でひそかにあたりの海上を見まわしていた、骸骨団のひとりが、なにを見つけたのか、ちょうどそこへあがってきた、大男の船長に、

「あっ、船長、あれはなんでしょう。いかだのようなもののうえに、大きなトランクみ

たいなものがのっかって浮かんでいるんですが……」

「なに、いかだのようなもののうえにトランクが……。どれどれ」

大男の船長がかわって望遠鏡をのぞいたが、見ればなるほど、岸から三百メートルほどの沖合に、丸太をくんでこしらえたいかだが、波のまにまに浮かんでいる。しかも、そのいかだのうえにのっかっているのは、がんじょうな鉄の帯でしめつけた、大きなトランクである。

大男の船長は、欲のふかそうな目をギロリと光らせ、

「一週間ほどまえに、南方海上を大きな台風が通りすぎたというじゃないか」

「ああそうそう、ラジオがそんなことをいってましたね」

「ひょっとするとあのいかだは、そのとき難破した船の、乗組員が作ったものじゃないか」

「あっ、船長。そうです、そうです。きっとそれにちがいありません。そして、あのいかだにのっていた乗組員は、ここまでくるとちゅう、みんな波にさらわれて死んでしまって、あのトランクだけのこったんですね」

「うん、もし、そうだとすると、あのトランクには、きっと金目のものがはいっているにちがいないぜ」

「船長。それじゃ人をやって、あのトランクをこの塔のなかへはこびこませましょうか」

「ああ、そうしてくれ。そのあいだ、おれがここで見張っている。いいか、気をつけろ。

人に気づかれるな」

「しょうちしました」

骸骨団の手下は大いそぎで物見台からおりていく。大男の船長が望遠鏡でのぞいてみると、やがて岩かげからこぎだしたボートが、いかだのほうへ近づいていった。

「船長、このトランクはふしぎですぜ。どうしてもあけかたがわからないんです」

古塔の大ホールでは、いましもふしぎなトランクをとりかこみ、骸骨団の一味の者が、あれかこれかと首をひねっていた。覆面の獣人魔は見えなかったけれど、ヘビのように残忍なお小姓もまじっている。

「あけかたがわからないって、そんなばかなことがあるもんか。どれ、おれにまかせろ。いっぺんにあけてみせるわ」

「ウッフッフ、船長。あんたの知恵で開くものなら開いてごらん。これは魔法のトランクだよ。とてもあきゃあしない」

小男のお小姓は、せせら笑うような声である。

「何をいいやがる。こんなもの、なんのぞうさもあるもんか」

と、口では大きなことをいってみたものの、なるほどこれは魔法のトランクである。鍵穴《かぎあな》はどこにもなく、だいいちどこがふただか、それすらわからない。

「ええい、めんどうくさい。だれか、おのを持ってこい。ぶっこわしてしまおう！」

と、船長がかんしゃくをおこしていきりたつのを、そばからお小姓がせせら笑って、

「船長、そんな短気をおこしちゃいけない。これほど厳重なトランクだもの。なにかよほどだいじなものがはいっているにちがいない。あしたゆっくり調べてみて、それでもあけかたがわからなかったら、気ながに解体していこう。おい、このトランクを倉庫へほうりこんでおけ」

小男のお小姓の命令で、骸骨団の四、五人が、えっちらおっちら、重いトランクをはこびこんだのは、大ホールのうしろにある物置だ。そこへトランクを投げだすと、一同は、大ホールへとってかえす。それから約六時間ののちのこと、夜も十二時をすぎて、骸骨団の一味の者が、寝しずまったころである。

物置に投げだされたトランクのなかから、ふいにギーッという音がしたかとおもうと、まるで箱根細工を開くように、トランクのあちこちが動いて、やがてなかからはいだしたのは、なんと探偵小僧の御子柴少年ではないか。見ると御子柴進はせなかに酸素ボンベをせおっている。

ああ、わかった、わかった。あの伝書鳩の通信で、古塔のありかを知った探偵小僧は、みずから魔法のトランクに身をひそませ、わざとこの古塔へはこびこまれたのだ。それはさておき探偵小僧は、酸素ボンベをせなかからおろすと、あたりのようすをうかがいながら、そっと物置からはいだした。

さいわい、骸骨団の一味の者は、みんなよく眠っているらしく、あたりはしいんとして物音もない。

探偵小僧の御子柴少年は、ポケットから万年筆がたの懐中電灯をとりだすと、それで足もとを照らしながら、古塔の階段をのぼっていく。その階段は古塔の壁のうちがわにそって、渦巻きのようにぐるぐるうえへのぼっていくのだ。

探偵小僧にとっては、この古塔ははじめてだけれど、伝書鳩の足につけてよこした里見助手の通信で、塔のようすはかなりくわしくわかっているのだ。

進はまもなく、里見助手と三人の少年少女が押しこめられている、あの部屋の前までやってきた。進はしばらく部屋のなかのようすをうかがったのち、やがてコツコツ、ドアをたたく。

「だれ……?」

なかから聞こえてきたのは、まぎれもなく里見助手の声である。

「ああ、里見さん、ぼくです。探偵小僧です。いま、ドアを開きますから、静かにしていてください。由紀子さんはじめ、みんなぶじですね」

「ああ、ありがとう。みんなぶじだよ。そして、三津木さんやなんかは……?」

「おもてで待っているはずです。これ以上、だれも口をきかないように……」

と、ドアの外からささやいた進は、ポケットから鍵束をとりだすと、ひとつひとつ合わせてみる。部屋のなかでは里見助手をはじめとして、三人の少年少女が抱きあって、かたずをのんで待っている。

やがて、うれしや、鍵のひとつがぴったり合って、ガチャリと錠《じょう》のはずれる音。しめたとばかりに進は、ソッとドアを開いたが、そのとたん、百雷のとどろくごとく、古塔のなかにひびきわたったのは、けたたましい非常ベルの音。

「しまった！」

と、進は叫んだが、そのときにはもうあちこちから、

「それ、曲者《くせもの》がしのびこんだぞ」

「だれか塔のてっぺんの部屋を開いたやつがあるぞ！」

と、くちぐちにわめきながら、てんでに懐中電灯をふりかざし、あの渦巻き階段を、おしあい、へしあい、のぼってくるのは骸骨団の一味のもの。

「あっ、里見さん、由紀子さん！」

「御子柴さあん！」

逃げるといっても塔のてっぺん。進退ここにきわまった五人は、ひしとばかりに抱きあった。

ああ、賊もまもなく、ここへやってくるにちがいない。

ほのおの襲撃

「あっ、里見さん、由紀子さん。それから三千男くんも百合子さんも、はやくそこから出ていらっしゃい。とにかく、屋上の物見台へでてみましょう」

進の叫び声に、四人の者は、ばらばらと、押しこめられていた部屋からとびだしてくる。

見れば渦巻き階段を、黒ずくめの服にずきんをかぶった、骸骨団の一味の者が、てんでに懐中電灯をふりかざし、おしあい、へしあい、ひしめきながらのぼってくるのだ。

「み、御子柴くん、だ、だいじょうぶ……？」

さすがに、ごうたんな里見助手の声もふるえている。

里見助手はこわがっているのではないのだ。ここでつかまったがさいご、由紀子はいうにおよばず、三千男や百合子のいのちがあぶないと、それを心配しているのである。

「だいじょうぶです。ほら、あの爆音……」

なるほど、耳をすますと塔の上空のあたりで、ヘリコプターの爆音が聞こえる。ああ、警察ではヘリコプターで、三人の少年少女を救おうとしているのだ。

「さあ、そこに階段があるでしょう。里見さん、あなた三人を案内してください。ぼくはいちばんあとからのぼります。ああ、そうそう里見さん、この懐中電灯をふって、ヘリコプターに合図をしてください」

「よし、わかった。みんなきたまえ」

いままで四人がとじこめられていた部屋のすぐ横に、せまい階段がついている。進からいまうけとった、大きな懐中電灯をふりかざしながら、里見助手が先頭にたって、その階段をのぼっていく。あとにつづくのは由紀子に百合子、それから三千男の三人である。

さいごにのこった探偵小僧の御子柴少年がしたをみると、骸骨団の一味の者は、もう数メートルのしたにせまっている。先頭にたったのは大男の船長、それにつづくは小男のお小姓、そしてそのうしろには三十人ばかりの、骸骨団の者がつづいている。

ただ、さいわいなことには、階段が壁にそってぐるぐると、渦巻きのようについていることだ。だから、すぐそこにたがいのすがたをみながらも、なかなかそばへは近よれないのだ。

いまや、進の足もと、三メートルほどのところまでせまった大男の船長は、そこにたっているのが、だれだかはじめて気がつくと、

「や、や、おまえは探偵小僧だな！」

と、叫びながら腰のピストルに手をやろうとするまえに、

「こうしてやる！」

と、叫んだ進は、右手をふって、ウメの実ほどのまるい玉を、はっしとばかり、大男の船長の足もとにたたきつけた。ドカーンとものすごい音がしたかとおもうと、パッとほのおが燃えあがった。

「あ、ち、ち、ち！」

意外なことにあわをくってとびのく船長。しめたとばかり進がやつぎばやに、油煙玉《ゆえんだま》を五、六発、渦巻き階段のあちこちに、たたきつけたからたまらない。

めらめらと青白いほのおが、渦巻き階段のほうぼうに燃えあがったから、浮き足だった骸骨団は、うえをしたへの大混乱。

「おのれ！　探偵小僧め！」

大男の船長は歯ぎしりしながら、ズドンズドンとピストルをぶっぱなしたが、なにしろ、ほのおと煙で目が見えないのだから、そんな弾丸があたるはずがない。

さあ、これでよしと探偵小僧の御子柴少年、身をひるがえしていっさんに、物見台へとかけのぼった。

いっぽう、こちらは塔のてっぺんの物見台である。

里見助手がひっしとなってふりまわす懐中電灯の光をみとめて、上空のヘリコプターから、パラリと投げおろされたのは、三本の綱のさきに結びつけられた三つのカゴである。ヘリコプターは三つのカゴを投げおろすと、ゆうゆうと塔の上空をまわっている。

「しめた！　それ、三千男くん百合子さんも、それから由紀子さんも早くそのカゴに乗りたまえ」

「でも、里見さん、あなたやさっきの御子柴くんは……？」

「ぼくたちはあとでなんとかする。さあ、早く乗りたまえ。はやく、はやく……」

それでも三人がためらっているところへ、したからあがってきたのは御子柴少年だ。

「あっ、なにをぐずぐずしてるんです。三人とも早くそのカゴに乗りたまえ」

「でも、進さん、あなたはどうするの」

「ぼくたちのことはかまっていなくてもいいんだ。どうやら警官隊が乱入してきたもようだ。けががあっちゃいけないから、さあ、三千男くん、きみからさきに乗りたまえ」

せきたてられて三千男は、

「すみません、それでは、ぼく乗ります。由紀子ちゃんも百合子も乗りなさい。じゃまになっちゃいけないから」

と、三人がヘリコプターから、目の前におろされたカゴに手をかけたときである。

「おのれ！」

と、いう声が聞こえたかと思うと、階段に船長の顔があらわれた。船長は油煙玉にやられたとみえ、顔に大きなやけどをしている。

「なにを！」

と、叫んで進が、船長の鼻さきへ油煙玉を投げつけた。

と同時に、船長のもっているピストルが、火をふいた。

ぱっと燃えあがる油煙玉のほのおに顔をやかれて、

「わっ！」

と、叫んで船長が、階段からあおむけざまにころげおちるのと、

「あっ！」

と、里見助手が身をかがめて、足を押さえたのといっしょだった。

「あっ、里見さん、やられましたか」

「だいじょうぶ、だいじょうぶ、足をかすっただけだ。それより、三人は乗りこんだかい？」

「ええ、いま乗るところ……」

三千男と百合子はすでに乗りこんで、いま由紀子がさいごに乗るところだった。探偵小僧の御子柴少年が手つだって、その由紀子をカゴに乗せると、

「里見さん、懐中電灯をかしてください」

と、進は懐中電灯をうけとると、それを空に向かってふってみせる。用意ができたという合図だ。

ヘリコプターの操縦士も、その合図をみてとったのか、高度をあげていく。

「里見さん、御子柴さん、それじゃ、ぼくたちさきにいきます」

「進さん、気をつけてね」

空中にゆれる三つのカゴのなかから、三千男と百合子、それに由紀子の三人が、なごりをおしむように手をふっている。

「ああ、だいじょうぶだ、ぼくたちもすぐ帰るからね」

「あっ、里見さん、御子柴さん、悪者がそこに……」

と、三千男にいわれて、里見助手と進が、ハッとふりかえったときはおそかった。

階段のあがりぐちに小男のお小姓が、にやにや笑いながらたっている。しかも、その手ににぎられたピストルが、ぴたりと探偵小僧の胸をねらっているのだ。

「手をあげろ！　あげぬとうつぞ！」

と、叫ぶお小姓の声に、里見助手も進も、手をあげぬわけにいかなかった。

「やい、探偵小僧！」

と、ヘビのように残忍なお小姓は、これまた油煙玉にふかれてやけどをした顔に、ものすごい微笑を浮かべて、

「きさまのために何もかもめちゃめちゃにされてしまったわ。ほら、あの物音を聞け」

お小姓に注意されるまでもなく、里見助手も進も気がついていた。塔をとりまいていた警官隊が、いっせいに乱入してきたにちがいない。

ズドン、ズドンとピストルをうちあう音。叫び声、ののしる声、ドスン、ドスンとものをぶっこわすひびき。いまや骸骨団のそうくつは大混乱となっているのだ。

「これで骸骨団もおしまいだ。しかし、われわれはじぶんたちだけはほろびやしない。おまえたちも道づれにしていくのだ。さあ、探偵小僧も里見もかくごしろ」

ああ、こうなったらさいごだ。里見青年も進も、かんねんした。

「フッフッフ！　いいかくごだ。探偵小僧、おまえからさきにいのちをもらうぞ！」

と、ヘビのようなお小姓が、いままさにピストルのひきがねをひこうとしたときだ。おもいがけなく探偵小僧と里見青年のうしろから、ズドンとピストルの音がしたかと思うと、

「あ、ち、ち、ち！」

と、叫んでお小姓がピストルをとりおとした。

このおもいがけないできごとに、進と里見青年が、まだ手をあげたままぼうぜんとしているところへ、

「お小姓、手をあげろ。手をあげぬとうつぞ」

ピストルをひろいにかかったお小姓は、その声にギョッとしたように手をあげる。おもいがけない味方の出現に、地獄で仏にあったような気持ちの進と里見青年は、おもわずうしろをふりかえったが、そのとたん、またサッとまっ青になった。

なんと、そこにたっているのは、黒ずくめの服に黒いずきん、胸にどくろのマークのついた、骸骨団の一味の者。しかもそで口やすそからのぞいている、あの毛むくじゃらの手足をみれば、それこそ獣人魔となった梶原一彦ではないか。

ふたりがおどろいてあとずさりをするのを、獣人魔はなだめるように手をふって、

「さあ、ふたりともこっちへきたまえ。悪者たちはやけくそになっているんだ。はやくここをぬけださぬといのちがあぶない。さあ、ぼくといっしょにきたまえ」

そういう声には里見青年も進も、たしかに聞きおぼえがあった。

「そういうあなたは……?」

「だれでもいい。はやく……、はやく……」

その物見台にはもうひとつ、秘密の階段があって、その階段はいなずまがたに、まっすぐに地上におりているのだ。

ふしぎな獣人魔のたいどを、里見青年も進も、いぶかったが、お小姓のうしろから、またkだれかがあがってくるようすに、

「御子柴くん、いこう！」

と、里見青年が進をうながして、階段へ足をかけたときである。

「おのれ、この裏切り者！」

と、お小姓がピストルをひろうよりはやく、一発うったのと、獣人魔の手にしたピストルがこれまたズドンと火をふいたのと、ほとんど同じしゅんかんだった。

「あっ！」

「わっ」

と、叫んで獣人魔とお小姓は、ふたりいっしょに骨をぬかれたように、くたくたとその場にたおれていった。

「あっ」

と、叫んで里見助手と進が、獣人魔のそばへかけよると、獣人魔は手をふって、

「おれのことはいい。それよりもきみたち、はやくここを逃げたまえ」

「しかし、しかし、そういうあなたは？」

「おれだ、鬼頭だ」

と、ゴリラの頭をすっぽりぬぐと、なんとそれは鬼頭博士ではないか。ああ、鬼頭博士なら、骸骨島で殺されて、穴ぐらのなかへ投げこまれたはずなのに……。

探偵小僧と里見青年がぼうぜんとして顔を見合わせていると、鬼頭博士は胸を押さえて、

「里見くん、面目ないがおれの実験は失敗したのだ。梶原一彦のからだから、脳をとりだすとき梶原も殺してしまったし、何も役に立たなかったのだ。おれは人殺しの罪人になった……」

鬼頭博士は、苦しそうに息をつきながら、

「そのとき、おれは警察へ名のって出ようとしたのだが、船長とお小姓におどかされて、みずから獣人魔になりすますようになったのだ。ふたりはゴリラを殺して皮をはぎ、それをおれにかぶせた。そして、あのとき、ゴリラに首の骨をおられて死んだ十六号を、おれの身がわりにしたのだ。しかし、そのことがわかると、骸骨団の悪者が、ボスを信用しないことになるから、実験は成功して、梶原の脳がゴリラのからだのなかで、生きかえったものだと思いこませていたのだ」

あまり意外な博士の話に、進と里見青年は、あきれはてて、ただ顔を見合わせるばかり。

「おれはただ、骸骨団の一味の者に、すがたをみせる必要のあるときだけ、ゴリラの皮をかぶって獣人魔の役目をつとめた。そして、じっさいに悪事をはたらくときは、大男の船長が、ゴリラの皮をかぶって、獣人魔になっていたのだ……」

博士がそこまでかたったとき、たおれているお小姓のうしろの階段から、あがってき

たのは大男の船長だ。それをみるより鬼頭博士が、

「おのれ!」

と、叫ぶと、ズドンと一発。

大男の船長がお小姓のうえへおりかさなってばったりたおれるのを見とどけて、鬼頭博士もがっくりそこへつっぷした。

「先生、先生!」

と、里見助手と進が、あわててそのからだを抱き起こしたときには、鬼頭博士の息はすでにたえていた……。

こうして、さしも世間をさわがせた骸骨団の一味はほろび、あの気味悪い獣人魔も、もうこの世にいなくなった。

しかし、里見青年と進は、鬼頭博士の名誉のために、かたくこのことを秘密にして、だれにも話さないことにした。

幸か、不幸か、鬼頭博士と船長と、小男のお小姓の死体をそこにのこして、里見青年と進が秘密の階段からやっと塔の外へぬけだしたとき、塔のなかにたくわえてあった火薬に火がうつったのか、とつぜん、万雷のとどろきにも似た音をたてて、あのいまわしい塔はこっぱみじんになり、空中高く吹きあげられてしまったのである。

解説

山村正夫

現代の推理小説は多様化と拡散現象が著しく、さまざまな傾向の作品が書かれるようになっている。本格物、スパイ物、心理サスペンス物、ハードボイルドなど、それぞれのパターンの名称がつけられているが、戦前はそんなことはなかった。本格物と変格物の二通りの作風の分け方しかなかった。

本格物はいうまでもなく、論理性やトリッキイな要素、意外性などを主体にした作風である。それに反して変格物の方は、本格以外のあらゆる作風（SFもふくむ）を網羅した呼び方だったが、現代のように各ジャンルが分化して花を競ったわけではない。妖美性やおどろおどろしさをそなえた、怪奇ロマンの作品が他を圧していた。

その意味での変格物が、戦前の日本の推理小説界の主流であったのである。江戸川乱歩の「押絵《おしえ》と旅する男」や「人間椅子」、横溝正史の「鬼火」「真珠郎」「蔵の中」などの代表的な作品を見れば、おのずとわかろうというものだろう。

欧米では一九二〇年代に既に本格推理小説の黄金時代を迎えていたが、日本でそうした機運が盛り上がるには、戦後（一九四五年）まで待たなければならなかった。

それは戦前における日本の推理小説（探偵小説）の派生が、欧米とは甚《はなは》だしく異なっていたせいが多分にあったようだ。

ポーやドイルを始めとする外国作品は、明治の末期から大正にかけて逐次《ちくじ》輸入され紹介されはしていたものの、戦前派の諸作家がその影響よりも、泉鏡花や谷崎潤一郎に代表される耽美《たんび》主義文学の系譜を、受け継いでいたためにほかならない。乱歩の初期の短編や浜尾《はまお》四郎《しろう》、小栗《おぐり》虫太郎《むしたろう》などの長編に、本格の秀作があることはあったが、その数は寥々《りょうりょう》たるものに過ぎなかった。

いうなれば日本は日本だけの独自の発展を遂げ、怪奇探偵小説全盛の時代が昭和三十年頃まで延々と続いたのである。その風潮は大人向けの小説だけにはとどまらず、年少の読者を対象にしたジュヴナイルでは特に顕著《けんちょ》であった。

乱歩の「少年探偵団」や「怪人二十面相」「妖怪博士」などが、続々と生み出されたのは、そのような背景を考えてこそ、はじめて納得がいくのではないだろうか。だが、それらのジュニア物の小説が読者に熱狂的に受け入れられ、一世を風靡《ふうび》したのは、読者の側にもロマンを求める強い欲求があり、その要望と一致したからではないかという気がしないではない。

私自身にもかつて憶《おぼ》えのあることだが、小学生から中学生にかけてのティーン・エージャーの少年は、とかく破天荒な夢に憬《あこが》れ、スリリングな事件や、身の毛のよだつような怪物に、好奇心を燃やしがちなものである。「少年探偵団」や「怪人二十面相」を読んでその種の妖しい魅力の虜《とりこ》となり、それからミステリーの本格的なファンに成長していくという過程は、私と同年輩の人間なら、誰しも辿《たど》った道なのではないかと思わずにはいられないのだ。

戦前は乱歩と海野十三がジュヴナイルの人気作家の双璧だったが、戦後は多くの作家が競って怪奇探偵小説に筆を染めた。その中でも、もっとも作品量の多かったのが横溝先生である。

中島河太郎氏が作成した目録を参考にすると、長編だけでも次のようなものがある。

「怪獣男爵」（昭和23年）「幽霊鉄仮面」（昭和24年）「夜光怪人」（同『譚海《たんかい》』）「大迷宮」（昭和26年『少年クラブ』）「黄金の指紋」（同）「金色の魔術師」（昭和27年同）「仮面城」（同『小学五年生』）「大宝窟」（昭和28年『少年クラブ』）「青髪鬼」（昭和29年）「白蠟仮面」（同）「蠟面博士」（同）「真珠塔」（同）「獣人魔島」（昭和30年）「迷宮の扉」（?『中一時代』）「まぼろしの怪人」（?『中1コース』）

それにしても数が多い。大人物《おとなもの》の作品と並行して、これだけジュヴナイルに意欲を燃やした推理作家は、先生のほかにはちょっと例を見ないと言えるだろう。

因《ちな》みに私が選んだ戦後の怪奇探偵小説のベスト5を挙げておこう。

「青銅の魔人」　江戸川乱歩
「怪獣男爵」　横溝正史

「死神博士」　高木彬光
「黄金孔雀」　島田一男
「蜃気楼博士」　都筑道夫

本書には横溝先生が昭和二十九年から三十年にかけて連載された「真珠塔」と「獣人魔島」の二編が収めてある。どちらも新日報記者三津木俊助と御子柴進《みこしばすすむ》少年のコンビが活躍するシリーズ作品だから、読者も馴染《なじ》みが深いのに違いない。

「真珠塔」は、その進少年が「この春、中学を出て、新日報社へ入ったばかりの給仕」となっており、中学生のときに手柄をたてた「幽霊鉄仮面」や「夜光怪人」の事件の続編ということになりそうだ。新聞社へ入社したのは、いろいろ不思議な事件にぶつかることができると思ったからだが、いまのところ上役にお茶を汲んで出したり、手紙の整理をしたり、そんなことばかりやらされるので不服でたまらない。そんな矢先にぶつかったのが、金コウモリの怪事件というわけである。

金コウモリとは、翼から鬼火のような光を放つ無気味なコウモリのことで、どくろの仮面をつけた黒衣の怪人が現れるたびに、それが十四近くも夜空を妖《あや》しく舞い狂うのだ。

進がその金コウモリに出会い、ミュージカルの女王丹羽百合子《にわゆりこ》の射殺死体を発見したのは神宮外苑。百合子はハンドバッグの中に、奇妙な紙製のうち抜き人形が十五、六入った封筒を秘めていた。人形は両手に白と赤の旗を持ち、そのふり方が少しずつ違うところから何かの暗号とわかるというのが、本編の発端になっている。

横溝先生には暗号文を扱った作品がいくつかあるが、大人向きの作品では、「蝶々殺人事件」がもっともポピュラーだろう。これは楽譜が利用されていて、先生が生んだ名探偵の一人、由利《ゆり》先生が解読するのだ。

ジュヴナイルでも、この手法はしばしば使われている。「大迷宮」には悪人一味に捕われた立花滋《たちばなしげる》少年が、強制的に書かされた手紙の中に、監禁場所を示す言葉が巧みに織り込まれているし、「青髪鬼」は数字の暗号、「蠟面博士」では寺の奉納額に記されたわけのわからぬ文句が、大金塊の秘密を解く鍵になっているといった具合である。短編「謎の五十銭銀貨」は、数字の配列が暗号文になっていて面白い。

また暗号ではないが、人名をアナグラムに仕組んだ作品も何編かある。

金コウモリの怪人は催眠術《さいみんじゅつ》を使って人を操《あやつ》り、柚木《ゆのき》真珠王が都内のどこかに隠した時価数十億円の真珠塔を狙うのだが、偽者《にせもの》が何人も出現するため、それに惑わされて、進や三津木俊助にも怪人の正体は容易に摑《つか》めない。その入り組んだ謎がサスペンスを盛り上げ、予想外の場所に秘蔵された真珠塔のありかをめぐって、物語はクライマックスへと到達するのである。

一方、「獣人魔島」の方は、横溝先生が戦後はじめて書き下ろされた「怪獣男爵」とやや趣きが似ている。脳の移植手術の研究をしている有名な医学者鬼頭《きとう》博士が、刑務所から脱走した大悪人梶原一彦《かじわらかずひこ》の脳を、ゴリラに移し替えるというSF的な設定が共通しているのだが、作者がそんなことは百も承知で本編を執筆しているところが心憎い。獣人魔に変身し、骸骨団《がいこつだん》の首領となった梶原は、自分に死刑の判決を下した三芳《みよし》判事の一家に復讐すべくつけ狙う。そのスリリングな展開に釣られて読み進むうち、結末に至って作者が用意した巧妙な心理的トリックに気づき、あっと唸《うな》らされるのである。

そのどんでん返しが鮮やかで、読者の意表を衝《つ》く意外性は、さすが本格派の巨匠ならではと言い得るだろう。

ロマンの夢は昔もいまも変りはない。怪奇探偵小説の魅力は、いつの時代になっても色褪《あ》せることがないのだ。かつて我々の世代が乱歩の「怪人二十面相」に酔わされたごとく、現代のヤングの読者が横溝先生のジュヴナイルに魅せられ、その妖しい魔力の虜《とりこ》になるであろうことを、私は信じて疑わないのである。

本書は、昭和五十六年九月に小社より刊行した文庫を改版したものです。なお本文中には、容姿に対して不適切な表現があります。しかしながら、作品全体を通じて、差別を助長する意図はなく、執筆当時の時代背景や社会世相、また著者が故人であることを考慮の上、最低限の改変にとどめました。

（編集部）

真珠塔《しんじゅとう》・獣人魔島《じゅうじんまとう》

横溝正史《よこみぞせいし》

昭和56年 9月10日 初版発行
令和4年 11月25日 改版初版発行

発行者●山下直久

発行●株式会社KADOKAWA
〒102-8177 東京都千代田区富士見2-13-3
電話 0570-002-301(ナビダイヤル)

角川文庫 23413

印刷所●株式会社暁印刷
製本所●本間製本株式会社

表紙画●和田三造

ISBN 978-4-04-112917-3 C0193

角川文庫発刊に際して

角川源義

第二次世界大戦の敗北は、軍事力の敗北であった以上に、私たちの若い文化力の敗退であった。私たちの文化が戦争に対して如何に無力であり、単なるあだ花に過ぎなかったかを、私たちは身を以て体験し痛感した。西洋近代文化の摂取にとって、明治以後八十年の歳月は決して短かすぎたとは言えない。にもかかわらず、近代文化の伝統を確立し、自由な批判と柔軟な良識に富む文化層として自らを形成することに私たちは失敗して来た。そしてこれは、各層への文化の普及滲透を任務とする出版人の責任でもあった。

一九四五年以来、私たちは再び振出しに戻り、第一歩から踏み出すことを余儀なくされた。これは大きな不幸ではあるが、反面、これまでの混沌・未熟・歪曲の中にあった我が国の文化に秩序と確たる基礎を齎らすためには絶好の機会でもある。角川書店は、このような祖国の文化的危機にあたり、微力をも顧みず再建の礎石たるべき抱負と決意とをもって出発したが、ここに創立以来の念願を果すべく角川文庫を発刊する。これまで刊行されたあらゆる全集叢書文庫類の長所と短所とを検討し、古今東西の不朽の典籍を、良心的編集のもとに、廉価に、そして書架にふさわしい美本として、多くのひとびとに提供しようとする。しかし私たちは徒らに百科全書的な知識のジレッタントを作ることを目的とせず、あくまで祖国の文化に秩序と再建への道を示し、この文庫を角川書店の栄ある事業として、今後永久に継続発展せしめ、学芸と教養との殿堂として大成せんことを期したい。多くの読書子の愛情ある忠言と支持とによって、この希望と抱負とを完遂せしめられんことを願う。

一九四九年五月三日

角川文庫ベストセラー

喘ぎ泣く死美人　横溝正史

当時の交友関係をベースにした物語「素敵なステッキの話」。外国を舞台とした怪奇小説の「夜読むべからず」や「喘ぎ泣く死美人」など、ファン待望の文庫未収録作品を一挙掲載！

髑髏検校　横溝正史

江戸時代。豊漁ににぎわう房州白浜で、一頭の鯨の腹からフラスコに入った長い書状が出てきた。これこそ、後に江戸中を恐怖のどん底に陥れた、あの怪事件の前触れであった……横溝初期のあやかし時代小説！

真珠郎　横溝正史

鬼気せまるような美少年「真珠郎」の持つ鋭い刃物がひらめいた！　浅間山麓に謎が霧のように渦巻く。無気味な迫力で描く、怪奇ミステリの金字塔。他1編収録。

蔵の中・鬼火　横溝正史

澱んだようなほこりっぽい空気、窓から差し込む乏しい光、箪笥や長持ちの仄暗い陰。蔵の中でふと私は、古い遠眼鏡で窓から外の世界をのぞいてみた。それが恐ろしい事件に私を引き込むきっかけになろうとは……。

雪割草　横溝正史

出生の秘密のせいで嫁ぐ日の直前に破談になった有爲子は、長野県諏訪から単身上京する。戦時下に探偵小説を書く機会を失った横溝正史が新聞連載を続けた作品がよみがえる。著者唯一の大河家族小説！

角川文庫ベストセラー

不死蝶　横溝正史

23年前、謎の言葉を残し、姿を消した一人の女。殺人事件の容疑者だった彼女は、今、因縁の地に戻ってきた。迷路のように入り組んだ鍾乳洞で続発する殺人事件の謎を追って、金田一耕助の名推理が冴える！

蝶々殺人事件　横溝正史

スキャンダルをまき散らし、プリマドンナとして君臨していたさくらが「蝶々夫人」大阪公演を前に突然、姿を消した。死体は薔薇と砂と共にコントラバス・ケースから発見され――。由利麟太郎シリーズの第一弾！

憑かれた女　横溝正史

自称探偵小説家に伴われ、エマ子は不気味な洋館の中へ入った。暖炉の中には、黒煙をあげてくすぶり続ける一本の腕が……！　名探偵由利先生と敏腕事件記者三津木俊助が、鮮やかな推理を展開する表題作他二篇。

血蝙蝠　横溝正史

肝試しに荒れ果てた屋敷に向かった女性は、かつて人殺しがあった部屋で生乾きの血で描いた蝙蝠の絵を発見する。その後も女性の周囲に現れる蝙蝠のサイン――。名探偵・由利麟太郎が謎を追う、傑作短編集。

花髑髏　横溝正史

名探偵由利先生のもとに突然舞いこんだ差出人不明の手紙、それは恐ろしい殺人事件の予告だった。指定の場所へ急行した彼は、箱の裂目から鮮血を滴らせた黒塗りの大きな長持を目の当たりにするが……。